新・知らぬが半兵衛手控帖

緋牡丹

藤井邦夫

双葉文庫

目次

緋牡丹

新・知らぬが半兵衛手控帖

江戸町奉行所には、与力二十五騎、同心百二十人がおり、南北合わせて三百人ほどの人数がいた。その中で捕物、刑事事件を扱う同心は所謂（いわゆる）〝三廻り同心〟と云い、各奉行所に定町廻り同心六名、臨時廻り同心六名、隠密廻り同心二名とされていた。

臨時廻り同心は、定町廻り同心の予備隊的存在だが職務は全く同じである。そして、定町廻り同心を長年勤めた者がなり、指導、相談に応じる先輩格でもあった。

第一話　逃げ水

一

昼下がり。
不忍池は眩しく輝き、暑い陽差しの溢れる畔に散策をする人影はなかった。
雑木林の小道から出て来た武家の女は、不忍池の畔から家並みの間の道に進んだ。
その足取りは、微かに乱れて逃げるかのようだった。
家並みの間の道は強い陽差しに晒され、行く手に逃げ水が揺れていた。
武家の女は、蒼白い顔に厳しさを滲ませて揺れる逃げ水に足早に向かった。
逃げ水は揺れた。
北町奉行所臨時廻り同心の白縫半兵衛は、岡っ引の半次や下っ引の音次郎と見廻りの途中、池之端仲町の自身番に立ち寄った。

「これは白縫さま……」

自身番に詰めていた大家は、半兵衛たちを横手の日陰に置いた縁台に誘い、冷たい茶を振る舞った。

「ああ、美味え……」

音次郎は、喉を鳴らして飲み干し、感嘆の声をあげた。

半兵衛と半次は、冷たい茶を飲んで一息ついた。

「こう暑いと、見廻りも大変ですねえ」

大家は、半兵衛たちに同情した。

「ああ。情けない話だが、時には見廻りの道筋を端折ってしまうよ」

半兵衛は笑った。

「そうでしょうねえ。こんな時、人殺しなんか起きたら、たまりませんねえ」

大家は頷いた。

「大変だ……」

初老の下男が、自身番に駆け込んで来た。

「おう。善八さん、どうしたい……」

自身番の番人は、初老の下男を迎えた。

「ひ、人殺しだ」

善八と呼ばれた初老の下男が、嗄れ声を引き攣らせた。

「人殺し……」

音次郎が聞き付け、自身番の横手から顔を出した。

「ああ……」

善八は頷いた。

「場所は何処です」

音次郎は、横手から出て来た。

「何だ、お前は……」

善八は戸惑った。

「北町の者だよ」

半兵衛と半次は、自身番の横手から現れた。

「こりゃあ、旦那……」

善八は、音次郎が町方同心の配下だと気付いて慌てた。

「場所は何処だ」

半兵衛は訊いた。

「へ、へい。此の先の池ノ家って料理屋です」

「よし。案内して貰おう」

半兵衛は命じた。

「へい……」

善八は、半兵衛、半次、音次郎を案内して不忍池の畔に向かった。

不忍池の畔には蟬が煩い程に鳴き、木洩れ日が揺れていた。

料理屋『池ノ家』は、不忍池の畔の雑木林に入った処にあった。

半兵衛、半次、音次郎は、下足番の善八に誘われて料理屋『池ノ家』の暖簾を潜った。

料理屋『池ノ家』の女将は、半兵衛、半次、音次郎を離れ座敷に案内した。

離れ座敷には、白髪頭の肥った男が俯せに倒れ、その羽織の背には血が滲んでいた。

半兵衛は、白髪頭の肥った男の死体に手を合わせ、検め始めた。

白髪頭の肥った男は、心の臓を背中から深々と突き刺されており、他に傷はなかった。

「狙い澄ました一突きだな」

半兵衛は読んだ。

「はい。他に傷はありません」

半次は眉をひそめた。

「で、女将、仏さんは何処の誰なんだい」

「はい。日本橋は室町の扇屋風雅堂の旦那の徳右衛門さまにございます」

「室町の扇屋風雅堂ってのは、大名旗本の御用達の金看板を掲げている老舗扇屋かな」

「はい。左様にございます」

「で、その風雅堂の主の徳右衛門か……」

半兵衛は、白髪頭の肥った男の死に顔を見詰めた。

徳右衛門は、驚きに眼を見開いて顔を醜く歪めていた。

不意を衝かれた……。

半兵衛は睨んだ。

「半兵衛の旦那……」

半次は、徳右衛門の懐から財布を取り出し、中を開けて見せた。

財布の中には七、八枚の小判が見えた。

「物盗りじゃあないね」

「ええ……」

「で、徳右衛門、誰と一緒だったんだい」

半兵衛は、二人分の膳を示した。

「それが、お武家の奥方さまと……」

女将は、云い難そうに告げた。

「お武家の奥方さま……」

半次は戸惑った。

「女将、徳右衛門は武家の奥方と一緒だったのだな……」

半兵衛は、女将を見据えて念を押した。

「はい。徳右衛門さまが先にお見えになって。で、武家の奥方さまが後から……」

女将は言葉を濁した。

「して、その武家の奥方は何処にいるのだ」

「それが、いつの間にかいなくなって……」

女将は、困惑を浮かべた。

「店の者が徳右衛門の死体を見つけた時には、既に姿を消していたか……」

「はい……」

「武家の奥方、何処の誰か分かっているのか……」

「いいえ。存じません……」

「そうか。じゃあ、着物はどうだった……」

「お召し物はそれなりの……」

女将は、武家の奥方の着物を安物ではなかったと告げた。

「ならば、旗本御家人、大名家の家臣の奥方か……」

「きっと……」

女将は頷いた。

「半兵衛の旦那……」

「うん。その武家の奥方の仕業かな……」

半兵衛は、開いている障子の向こうの庭を眺めた。

「武家の奥方、徳右衛門を刺し殺し、庭から逃げたようだね」

半兵衛は、庭を眺めながら告げた。

「はい。音次郎、庭先から表に出る道を検め、武家の奥方が何か残しちゃあいないか、調べてみろ」

半次は、音次郎に命じた。

「合点です」

音次郎は、素早く庭に降りて行った。

「それにしても、老舗扇屋の旦那と武家の奥方ですか……」

半次は首を捻った。

「ああ。どんな拘わりなのかな……」

半兵衛は、厳しさを滲ませた。

「あの、女将さん……」

座敷の外に仲居がやって来た。

「なんだい……」

「風雅堂の番頭さんがお見えです」

「よし。通してくれ」

半兵衛は命じた。

僅かな刻が過ぎ、中年の番頭が怯えた面持ちで入って来た。

「風雅堂の番頭か……」

「はい。彦造（ひこぞう）にございます」

風雅堂の番頭の彦造は、緊張に嗄れ声を震わせた。

「彦造、仏が風雅堂の徳右衛門かどうか、見定めてくれ」

半兵衛は、彦造に命じた。

「は、はい……」

彦造は怯えた面持ちで、死んでいる徳右衛門の顔を窺（うかが）った。

「だ、旦那さま……」

彦造は、死体を扇屋『風雅堂』の主、徳右衛門だと見定めた。

「間違いないね」

「はい……」

彦造は、震えながら頷いた。

「で、徳右衛門、今日、此の池ノ家で誰と逢ったのか知っているかな」

「いいえ……」

彦造は、微かな怯えを過（よ）ぎらせた。

「彦造、隠すと為にならないよ」

半兵衛は、彦造の微かな怯えを見逃さなかった。

「と、とんでもございません。手前共は旦那さまが今日、此方に来ていたとは、存じませんでして……」

彦造は、声を震わせた。

「ならば、徳右衛門は今日、何処に行くと云って出掛けたのだ……」

「はい。三味線堀にお住まいのお旗本の御隠居さまが碁敵でして、その方の御屋敷に行くと仰って……」

「出掛けたのか……」

「はい……」

彦造は頷いた。

「そうか。処で彦造、旦那の徳右衛門、親しくしている武家の奥方はいたかな」

「親しいお武家の奥方さまですか……」

彦造は戸惑った。

「うむ。二人で料理屋に来るぐらいの親しさだ……」

「さあ、風雅堂のお客さまにお武家の奥方さまは大勢いらっしゃいますが、二人で料理屋に来るような仲の方は、いなかったかと思いますが……」

彦造は、困惑を浮かべた。

「そうか。又後でゆっくり訊かせて貰うよ」

「は、はい……」

「じゃあ、徳右衛門を引き取り、懇ろに弔ってやるのだな」

半兵衛は、死体の引き取りを許した。


扇屋『風雅堂』は大戸を閉め、弔いの仕度を始めた。

半次と音次郎は、半兵衛と別れて室町の蕎麦屋の小座敷にあがり、窓の外に見える扇屋『風雅堂』を見張った。

歳の頃は三十前後、色白で細面、背丈は五尺強の瘦せ形……。

「それで、旗本御家人かお大名家の家臣の奥方さまですか……」

音次郎は、蕎麦を食べながら訊いた。

「ああ。そんな女が弔いに来るかどうか、弔いに変わった事はないか見張るんだ」

「合点です……」

半次と音次郎は、扇屋『風雅堂』を見張りながら蕎麦を食べた。

老僧と若い坊主が、扇屋『風雅堂』に入って行った。

「扇屋風雅堂の徳右衛門が殺された……」

北町奉行所吟味方与力の大久保忠左衛門は、驚いて筋張った首を伸ばした。

「ええ。大久保さまは徳右衛門をご存知なのですか……」

半兵衛は尋ねた。

「うむ。儂も時々、風雅堂に扇子を購いに行くのでな」

「そうでしたか……」

「うむ。して、徳右衛門は何処で殺されたのだ」

「不忍池の畔の料理屋です」

「で、殺ったのは……」

「徳右衛門は武家の奥方と料理屋で落ち合っていました」

「武家の奥方だと……」

忠左衛門は、首の筋を引き攣らせた。

「はい……」

「で、その武家の奥方とは……」

「そいつが、姿を消していましてね」

「そうか……」

「で、大久保さま、徳右衛門とはどのような人柄の男ですか……」

「まあ、商売上手の遣り手と云う処だが、それだけに強引で容赦がなく、敵も多いようだ」

「敵ですか……」

「うむ。こいつは聞いた話だが、他の扇屋が大名旗本や大店と大口の取り引きをすると聞くと、割り込んでいって他の扇屋より安くし、客を横取りするそうだ」

忠左衛門は眉をひそめた。

「そいつは、敵も出来ますね」

半兵衛は、厳しさを滲ませた。

もし、徳右衛門が忠左衛門が聞いた話通りの男なら、裏で何をしていたのか分からない。

「左様。しかし、武家の奥方となるとな……」

忠左衛門は、筋張った首を捻った。

「ええ……」

「よし。儂も徳右衛門を知っている者に訊いてみよう」

忠左衛門は頷き、薄い胸を叩いて思わず噎せ込んだ。

「そうですか、宜しくお願いします」

半兵衛は、頭を下げて苦笑を隠した。


日が暮れても暑さは続いた。

扇屋『風雅堂』の主、徳右衛門の弔いは続いていた。

菩提寺の老住職と若い坊主の読む経は、朗々と響いていた。

喪主の座にいるお内儀と若旦那は、固い面持ちで弔問客の挨拶を受けていた。

半次は、焼香を終えた弔問客が集まっている座敷の隅から様子を窺っていた。

弔問客は、同業者の他に茶道具屋、能や狂言や舞踊などに拘わる者、そして武士の妻女などがいた。

歳は三十前後、色白の細面、背丈は五尺ちょっとの痩せ形の武家の奥方……。

だが、それらしい武家の奥方はいなかった。

半次は、武家の妻女だけではなく、町方の女にも眼を光らせた。

番頭の彦造たち奉公人は、忙しく弔問客の相手をしていた。

音次郎は、斜向かいの蕎麦屋の路地から扇屋『風雅堂』を見張った。

扇屋『風雅堂』には、様々な弔問客が出入りしていた。

弔問客の武家の女には、捜している奥方と思われる者はいなかった。

「どうだ……」

半兵衛が、音次郎の隣りにやって来た。

「捜している武家の奥方らしい女、現れませんね」

音次郎は眉をひそめた。

「そうか……」

「親分は風雅堂に入っています」

音次郎は、半兵衛に報せた。

「うん……」

半兵衛は、扇屋『風雅堂』を眺めた。

着流しの武士が、日本橋の通りを来た。

半兵衛は見守った。

着流しの武士は、扇屋『風雅堂』の前に立ち止まり、中の様子を窺うように眺めた。

弔問客か……。

半兵衛と音次郎は見守った。

弔問客が手代(てだい)に見送られ、扇屋『風雅堂』から出て来た。

着流しの武士は、暗がりに素早く隠れた。

「旦那……」

音次郎は眉をひそめた。

「ああ。弔い客じゃあないな」

半兵衛は睨んだ。

「はい……」

音次郎は頷いた。

着流しの武士は、扇屋『風雅堂』の中の様子を窺って踵(きびす)を返した。

「よし。尾行(つけ)るよ」

半兵衛は、日本橋の通りを日本橋に向かう着流しの武士を見ながら音次郎に告げた。

「はい……」

半兵衛と音次郎は、着流しの武士を追った。

着流しの武士は、日本橋川に架かっている日本橋の手前を東に曲がった。そして、日本橋川沿いの道を江戸橋に進んだ。

半兵衛と音次郎は追った。

着流しの武士は、扇屋『風雅堂』徳右衛門の死を確かめに来たのかもしれない。何れにしろ、徳右衛門と何らかの拘わりがあるのだ。

半兵衛は読んだ。

着流しの武士は、尾行を警戒するかのような油断のない足取りだった。かなりの遣い手だ……。

半兵衛は読んだ。

着流しの武士は、西堀留川に架かる荒布橋を渡り、照降町を抜けて東堀留川の親父橋に進み、人形町に向かった。

「何処迄行くんですかね」

音次郎は、僅かに焦れた。

「音次郎、奴はかなりの遣い手だ。焦ると尾行が気付かれる。落ち着け……」

半兵衛は囁いた。

「は、はい……」
音次郎は、着流しの武士が遣い手だと聞いて思わず身震いした。
着流しの武士は、人形町から浜町堀に架かっている高砂橋を渡った。
そこには、大名や旗本の屋敷が連なっていた。
着流しの武士は、武家屋敷街に入るなり立ち止まって振り返った。
半兵衛は、咄嗟に音次郎を物陰の暗がりに押し込んだ。
着流しの武士は、夜の暗がりを透かし見た。
そして、半兵衛と音次郎に気付かず、傍らの旗本屋敷に向かった。
半兵衛と音次郎は見守った。
着流しの武士は、潜り戸から旗本屋敷に入って行った。
半兵衛は見届けた。
音次郎は緊張を解き、深々と吐息を洩らした。
「さあて、誰の屋敷か……」
半兵衛は、着流しの武士が入った旗本屋敷を眺めた。
町方の地ならば自身番や木戸番があって訊く事が出来るが、武家地には辻番しかなく下手な聞き込みは出来ない。

面倒だが、切絵図を調べるしかない。

「じゃあ、ちょいと訊いて来ましょうか……」

音次郎は、悪戯を企んだ子供のような笑みを浮かべた。

「ほう。手立てがあるのか……」

「はい。ちょいとお待ちを……」

音次郎は、旗本屋敷の潜り戸に走った。

半兵衛は、物陰で見送った。

音次郎は、旗本屋敷の潜り戸を叩いた。

覗き窓が開き、中間が顔を見せた。

「夜分すみません。ちょいとお尋ね致しますが、こちらは御旗本の水野監物さまの御屋敷にございますか……」

音次郎は、腰を低くして尋ねた。

「いいや。此処は伊沢兵衛さまの御屋敷だよ」

中間は、警戒もせずに答えた。

「そうでしたか、それは御無礼致しました」

音次郎は詫びた。

中間は、覗き窓を閉めた。

音次郎は見定め、物陰の半兵衛の許に戻って告げた。

「伊沢兵衛か……」

半兵衛は、旗本屋敷の主を知った。

「はい……」

音次郎は頷いた。

「良くやった。室町の風雅堂に戻るよ」

半兵衛は、音次郎を労った。

「はい……」

音次郎は嬉しげに頷き、半兵衛と共に来た道を戻り始めた。

旗本伊沢屋敷は闇に沈んでいた。

扇屋『風雅堂』は弔問客も帰り始め、弔いも終わり掛けていた。

半次は、番頭たち奉公人に見送られて帰って行く弔問客を眺めていた。

「親分……」

半兵衛と音次郎が、日本橋の方からやって来た。

「何かありましたか……」

半次は、半兵衛に尋ねた。

「うん。妙な着流しが風雅堂を窺っていてね。それでちょいと何処の誰かをね」

「そうでしたか……」

「うん。らしい武家の奥方は現れなかったようだね」

半兵衛は、扇屋『風雅堂』を眺めた。

「ええ。で、弔いも終わり、仏さんは明日葬（ほうむ）るそうです」

「そうか。じゃあ、私たちも引き上げるとするか……」

半兵衛は背伸びをした。

暑い一日は漸（ようや）く終わった。

二

「半兵衛の旦那……」

呼び掛ける声は落ち着いていた。

半兵衛は眼を覚ました。

障子は、朝の陽差しに白く輝いていた。

「房吉かい……」

「はい。お早うございます」

半兵衛は起き上がり、蒲団を二つに折って寝間の隅に押しやり、障子を開けた。

廻り髪結の房吉が、縁側で日髪日剃の仕度をしていた。

半兵衛は、暑くなってから寝る時に雨戸を閉めてはいなかった。

「やあ。ちょいと顔を洗って来るよ」

半兵衛は、手拭と房楊枝を持って井戸端に出た。そして、歯を磨き、顔を洗い始めた。

昨夜、半兵衛は組屋敷に戻り、旗本御家人の武鑑を開いて伊沢兵衛を調べた。

伊沢兵衛は、二十六歳になる二百石取りの旗本だった。

両親は既に亡くなり、妻子はいない……。

半兵衛は口を濯ぎ、濡れた顔を拭った。

今日も暑くなりそうだ……。

半兵衛は、眩しげに空を見上げた。

房吉は、半兵衛の髷の元結を切って髪を梳かし、月代を剃った。そして、手際良く髷を結い始めた。

半兵衛は、眼を瞑って髪を引かれる感触を楽しんだ。

扇屋『風雅堂』徳右衛門を殺した武家の奥方は、伊沢兵衛の身辺にいるのかもしれない。

伊沢兵衛の身辺も洗うか……。

半兵衛は、武家の奥方を捜すと共に伊沢兵衛も調べる事にした。

髷を結われる感触は心地好く続いた。

扇屋『風雅堂』の菩提寺の墓地には、住職の読む経が響き、線香の紫煙が漂っていた。

お内儀と若旦那、親類、番頭たち主だった奉公人が手を合わせて徳右衛門の埋葬の儀式は続いた。

半次と音次郎は見守った。

「お内儀と若旦那、それに親類に奉公人。みんな、昨夜見た顔ばかりで、見掛けない奴はいないな」

「ええ。墓地や周りにも妙な奴はいませんね……」

音次郎は、辺りを見廻した。

「うん……」

半次は頷いた。

住職の読む経は続いた。


浜町堀には猪牙舟(ちょきぶね)の櫓(ろ)の軋(きし)みが響いていた。

半兵衛は、伊沢屋敷を窺った。

伊沢屋敷の表門の前は、綺麗に掃除が行き届いている。

主がきちんとしているのか、きちんとした奉公人がいるのか……。

半兵衛は読み、通り掛かった米屋の手代を呼び止めた。

「は、はい。何の御用でしょうか……」

手代は、戸惑いを浮かべた。

「うん。お前はそこの伊沢屋敷にも出入りしているのかな」

「はい。お出入りを許されておりますが……」

「そうか。伊沢家は主の兵衛どのの他に何方がおいでになるのかな」

「はい。下男夫婦の喜八さんとおさださんに若い下男の松吉さんの三人が……」

「ならば、主の兵衛どのを入れて四人か……」

「はい。以前は姉上さまがおいでになったのですがね」

手代は、懐かしげに告げた。

「兵衛どのの姉上……」

半兵衛は眉をひそめた。

「はい。手前が小僧の頃、米を届けに来て随分と優しくして戴いた覚えがあります」

「そうか、その姉上、名は何と申されるのだ」

「はい、香代さまと仰いました」

「香代さま……」

「はい……」

「その歳、今は三十ぐらいかな……」

弟の兵衛が二十六歳なら、姉の香代は三十歳前後でもおかしくはない。

「きっと、それぐらいになりますか……」

手代は頷いた。

「して、香代どのは今……」

「嫁がれましてございます」

「嫁がれた。何処に……」

「さあ……」

米屋の手代は困惑した。

「そうか、そうだな……」

半兵衛は頷いた。

米屋の手代が、出入りを許されている武家の内情を詳しく知っている筈はない。

「いや。造作を掛けたな。此の事は他言無用で頼むよ」

半兵衛は笑い掛けた。

「はい。それはもう。では……」

米屋の手代は、足早に立ち去った。

姉の香代か……。

半兵衛は、伊沢屋敷を眺めた。

伊沢屋敷は、蟬の鳴き声に覆われていた。

武家の奥方が、扇屋『風雅堂』徳右衛門を訪ねて料理屋『池ノ家』にやって来たのは未の刻八つ（午後二時）だ。

もし、武家の奥方が徳右衛門を殺して庭伝いに逃げたとしたなら、未の刻八つ以後だ。

半次と音次郎は、未の刻八つ以後に不忍池の畔を往来する者に、昨日の同じ頃に武家の奥方を見掛けなかったか訊き歩いた。

暑さは募った。

風鈴の音は幾重にも重なり、不忍池の水面に涼やかに鳴り響いていた。

半次と音次郎は、数多くの風鈴を吊った屋台を不忍池の畔に置き、木陰で涼んでいた行商の風鈴屋に尋ねた。

「昨日の今頃、武家の奥方さまねえ……」

行商の風鈴屋は、煙管を燻らせながら眉をひそめた。

「うん。おそらく慌てていると云うか、長閑に歩いているって風情じゃあなかったと思うが、見掛けなかったかな」

半次は訊いた。

「慌てているような風情の武家の奥方か……」

「ああ……」

「見掛けたけど、此処じゃあない処だよ」

「此処じゃあない処……」

半次は眉をひそめた。

「うん」

「何処だい」

「三枚橋横町を入った忍川沿いの道で擦れ違ったよ」

風鈴屋は告げた。

「忍川沿いの道って、武家の奥方は御徒町に向かっていたのかい」

「ああ……」

風鈴屋は頷いた。

「それで、その武家の奥方、御徒町のどっちに行ったのかな」

音次郎は、身を乗り出した。

「さあ、そこ迄は分からないな」

風鈴屋は苦笑した。

「そうかい。親分……」

音次郎は、半次の指示を仰いだ。

「うん。行ってみるか……」

「はい……」

音次郎は、勇んで頷いた。

半次と音次郎は、行商の風鈴屋に礼を云って下谷広小路に向かった。

三枚橋横町は、下谷広小路から上野北大門町を抜けた処にある。

御徒町は、徒組の組屋敷が並ぶ下級武士の町であり、尚も東に進めば三味線堀だ。

三味線堀には、大名旗本の屋敷が甍を連ねている。

何れも武家の町であり、武家の奥方が向かったとしてもおかしくはない。

半次と音次郎は、三枚橋横町に急いだ。

伊沢兵衛の姉の香代……。

香代は、扇屋『風雅堂』徳右衛門殺しに拘わりがあるのか。もし、拘わりがないとすれば、何故に伊沢兵衛は徳右衛門の弔いの様子を窺いに来たのだ。

半兵衛の疑念は募った。

もし、様子を窺う理由が他にあるのならば、それを突き止めるか、姉の香代は拘わりがないと見極めるしかない。

何れにしろ今は、香代を辿るしか手立てはないのだ。

香代は既に嫁いでおり、現在は伊沢屋敷にはいない。

半兵衛は、想いを巡らしながら扇屋『風雅堂』に来た。

『風雅堂』は徳右衛門の弔いを終え、お内儀と若旦那は親類の者たちに酒と料理を振る舞っていた。

半兵衛は、番頭の彦造を斜向かいの蕎麦屋に呼び出した。

「やあ。忙しい処を済まないね」

半兵衛は、蕎麦屋の小座敷に入って来た番頭の彦造を迎えた。

「いいえ。お蔭さまで旦那さまの弔い、無事に終わりました」

彦造は、徳右衛門の遺体を穏やかに引き渡してくれた半兵衛に感謝した。

「そりゃあ何よりだね」

半兵衛は、彦造に猪口を渡し、徳利を差し出した。

「疲れたろう。ま、一杯……」

「は、はい。畏れ入ります」

彦造は、半兵衛の酌を受けた。

「では、白縫さまも……」

彦造は、半兵衛の猪口に酒を満たした。

「うむ。主の親類相手に御苦労だったね」

半兵衛は労った。

「いえ、それも仕事ですので……」

「そうか、ではな……」

「いただきます」

半兵衛と彦造は酒を飲み始めた。

「それで白縫さま、御用とは……」

彦造は猪口を置き、半兵衛に心配そうな眼差しを向けた。

「うん。徳右衛門と一緒に料理屋にいた武家の奥方の心当り、やはりないか

「……」

「はい。ございません」

「ならば彦造。浜町の伊沢兵衛って旗本を知らないかな」

「浜町の伊沢兵衛さまにございますか……」

「うん……」

「香代さまと仰る伊沢さまの姉上さまなら存じておりますが……」

「えっ……」

半兵衛は、香代の名前が唐突に出たのに思わず戸惑った。

「伊沢兵衛さまにはお逢いした事もなく、お名前だけしか。申し訳ございません」

彦造は、伊沢兵衛を知らない事を詫びた。

「いや。詫びるには及ばない。彦造、伊沢香代さんを知っているのか……」

半兵衛は身を乗り出した。

「は、はい……」

彦造は戸惑った。

「どのような知り合いなのだ」

「はい。香代さまには、以前、扇の上絵(うわえ)を描いて戴いておりましたので……」

「扇の上絵……」

「はい。飾り扇に季節の花などを……」

「ならば、香代さんは絵が上手いのか……」

「若い頃に光琳派を修行されたそうで、そりゃあもう……」

〝光琳派〟とは、絵師尾形光琳の画風を受け継ぐ流派だ。

伊沢香代は、若い頃に光琳派を学び、絵師として扇の上絵を描いていたのだ。

「そうか。ならば、旦那の徳右衛門とも知り合いだったのだな」

「勿論にございます」

彦造は頷いた。

「そうか……」

伊沢兵衛の姉の香代は、扇屋『風雅堂』徳右衛門と知り合いだった。

「白縫さま。まさか、旦那さまが池ノ家で逢っていた武家の奥方さまは、香代さまにございますか……」

彦造は眉をひそめた。

「そいつは未だ何とも云えぬ。で、彦造、香代さんは嫁がれたと聞いたが、いつ何処の誰に嫁がれたのか知っているか……」

半兵衛は尋ねた。

「はい。確か五年前でしたか、香代さまは高村さまと仰る御旗本に嫁がれたそうにございます」

「五年前、高村と云う旗本か……」

半兵衛は念を押した。

「左様にございます」

彦造は頷いた。

伊沢香代は五年前に嫁ぎ、今は高村香代になっていた。

「で、香代さんの嫁いだ相手は、高村何て名前なのだ」

「そこ迄は……」

彦造は首を捻った。

「知らないか……」

「はい……」

「じゃあ、高村の屋敷は何処だい」

「三味線堀の近くだと聞きましたが、詳しくは存じません」

「そうか……」

三味線堀近くの旗本の高村……。

半兵衛は、武家の奥方の手掛かりを漸く摑んだ。だが、香代が徳右衛門殺しの手掛かりになるかどうかは、未だ何とも云えないのだ。

「で、香代さんは、高村家に嫁がれてから扇の上絵描きはどうしたのだ」

「お辞めになられました」

「辞めたのか……」

「はい。左様にございます」

彦造は頷いた。

「そうか……」

何れにしろ、三味線堀近くの旗本高村家を探すしかない。

半兵衛は、彦造に酌をしてやり、手酌で酒を飲んだ。

御徒町の組屋敷街は陽差しに照らされ、人気のない往来の彼方には逃げ水が揺れて輝いていた。

半次と音次郎は、慌てた足取りの武家の奥方を捜した。だが、そのような手掛かりだけで見つかる筈はなかった。

半次と音次郎は聞き込み、暑さの中を捜し続けた。

蟬は鳴き、木洩れ日は揺れた。


三味線堀は、昼下がりの暑さに澱んでいた。

半兵衛は、三味線堀から流れる鳥越川に架かる転軫橋に佇んで周囲を見廻した。

出羽国久保田藩江戸上屋敷、旗本屋敷、下野国烏山藩江戸上屋敷、越後国三日市藩江戸上屋敷などが三味線堀の周囲にあった。

半兵衛は、下谷の切絵図を広げて三味線堀の周囲に高村家を探した。

高村左門と書かれた屋敷が、三味線堀の北、久保田藩江戸上屋敷の前に連なる旗本屋敷の中にあった。

高村左門、此処か……。

半兵衛は、高村屋敷に向かった。

高村屋敷の閉められた表門には蟬が留まり、煩く鳴いていた。

伊沢香代は、五年前に高村左門に嫁いでこの屋敷の奥方になっている。

さあてどうするか……。

半兵衛は、見定める手立てを思案した。

「半兵衛の旦那……」

半次と音次郎が駆け寄って来た。

「おう。半次と音次郎か……」

「旦那、此処で何を……」

半次は、顔に汗と疲れを浮かべていた。

「うん。よし、一息入れよう」

半兵衛は、半次と音次郎を華蔵院(けぞういん)門前町の茶店に誘った。

半次と音次郎は、茶店の裏の井戸で顔を洗って身体の汗を拭った。

汗に濡れていた身体は、冷たい井戸水に蘇(よみがえ)った。

半兵衛は、半次と音次郎が武家の奥方の足取りを追って三味線堀迄来たのを知った。

「そうか、武家の奥方、やはりこっちに来ていたか……」

「はい。で、旦那はどうして……」

半次は、井戸で冷やされた冷たい茶に喉を鳴らした。

「うん。それなのだがね……」

半兵衛は、着流しの武士の伊沢兵衛から姉の香代を割り出し、その後を追って三味線堀の傍の高村左門の屋敷に辿り着いた事を話した。

「じゃあ、風雅堂の徳右衛門旦那を殺めた武家の奥方は、伊沢兵衛の姉の高村香代かもしれないって事ですか……」

半次は眉をひそめた。

「うむ。未だ確かな証拠は何もないけどね」

「分かりました。じゃあ、あっしたちも高村香代を調べてみます」

「うむ……」

半兵衛は頷いた。

武家の奥方に又一歩近付いた……。

半兵衛は、微かな手応えを覚えた。

三

夏の暑さは、北町奉行所に出入りする人も減らしていた。

半兵衛は、高村香代の見張りを半次と音次郎に任せ、北町奉行所の同心詰所に戻った。

「あっ。半兵衛さん、大久保さまがお待ち兼ねですよ」

当番同心が、心配げに半兵衛に告げた。

「ほう。大久保さまが……」

「はい。早く行った方が良いですよ」

当番同心は、大久保忠左衛門が気短かさを募らせるのを心配した。

「心得た」

半兵衛は苦笑し、忠左衛門の用部屋に向かった。


「おお、来たか、半兵衛……」

忠左衛門は、筆を置いて振り返った。

「はい。遅くなりました」

半兵衛は、忠左衛門の前に座った。

「半兵衛、徳右衛門を手に掛けた武家の奥方は見つかったのか……」

「いえ。未だ、らしい者しか……」

「うむ、そうか。して半兵衛、儂と昵懇（じっこん）の仲の大身旗本家の用人がおってな。その旗本家は風雅堂を御用達にしていて、用人、徳右衛門を良く知っていたぞ」

忠左衛門は眼尻に皺を寄せ、得意気に筋張った首を伸ばした。

「ほう。そいつはありがたい……」

半兵衛は、大袈裟に喜んで見せた。

「うむ。で、半兵衛、風雅堂徳右衛門だがな」

忠左衛門は声を潜めた。

「はい……」

半兵衛は、忠左衛門を見詰めた。

「うん……」

忠左衛門は、障子を閉めろと目配せをした。

「はあ……」

障子を閉めると僅かな微風も途絶え、暑くなるだけだ。

半兵衛は戸惑った。

「早く……」

忠左衛門は急かした。

「は、はい……」

半兵衛は、障子を閉めて座り直し、忠左衛門を見詰めた。

障子が閉められ、微風が途絶えた。

「半兵衛、扇屋風雅堂徳右衛門は、畏れ多くも徳川家の葵の御紋を絵柄に描いた扇子を秘かに作り、好事家に高値で売っていたそうだ」

忠左衛門は、秘密めかして囁いた。

「葵の御紋を描いた扇子……」

半兵衛は眉をひそめた。

「左様……」

忠左衛門は、喉を鳴らして頷いた。

「そのような扇子、悪用する者が現れたら面倒な事に……」

半兵衛は、厳しさを滲ませた。

「左様。そして、何よりも許されぬのは、将軍家葵の御紋を利用しての商いだ。此が御公儀に知れると風雅堂徳右衛門は云うに及ばず、作った職人たちにも累が及び、厳しいお咎めは免れぬ」

忠左衛門は、筋張った首を伸ばした。

「作った職人たちも……」

半兵衛は戸惑った。

「うむ。職人たちが何も知らずに作ったとしてもな……」

忠左衛門は、腹立たしげに頷いた。

扇子は、様々な工程があって分業制になっており、十三、四人の職人の手を経て作られている。勿論、そうした職人の中には、上絵師もいる。

徳右衛門のした事は、そうした職人たちを危険に晒しているのだ。

「そうですか……」

半兵衛は、厳しさを滲ませた。

障子を閉めた用部屋の暑さは募った。

「どうする半兵衛……」

忠左衛門は眉をひそめた。

「そうですね。大久保さま、先ずはその葵の紋所が描かれた扇子を手に入れて下さい」

「扇子を手に入れる……」

「はい。出来るのは大久保さまだけかと……」

「儂だけ……」

忠左衛門は戸惑った。

「はい。おそらく昵懇の仲の用人どのもお持ちの筈……」

「そうか。ならば、やってみよう」

「はい。その扇子があれば、徳右衛門を殺めた者を突き止められます」

半兵衛は、忠左衛門を見据えた。

「うむ。半兵衛、宜しく頼むぞ」

忠左衛門は、厳しい面持ちで告げた。

「はい。では……」

半兵衛は、忠左衛門に一礼して障子を開けた。

暑い用部屋に微風が流れ込んだ。


三味線堀の武家屋敷街には、物売りの声が響いていた。

半次と音次郎は、高村屋敷について聞き込みを掛けた。

高村屋敷には主の高村左門と妻の香代、そして老下男夫婦が暮らしていた。

主の高村左門は病弱の為に婚期が遅れ、五年前に漸く伊沢香代を娶(めと)った。

高村左門と香代の夫婦仲は良く、近所の者たちの評判も悪くはなかった。

半次と音次郎は、妻の香代が動くのを見張った。

「それにしても親分。もし、香代さまが徳右衛門旦那を殺ったとしたら、どうしてなんですかね」

音次郎は首を捻った。

「うん。香代さまは夫婦仲も人柄も良く、徳右衛門を恨んでいた様子も窺えない。分からないのはそこだな」

半次は眉をひそめた。

陽は西に大きく傾き、三味線堀の水面を夕方の風が吹き抜け始めた。

三味線堀に夕陽が映え、昼間の暑さは漸く衰えた。

高村屋敷の門が開くことはなく、香代が動く事はなかった。

半次と音次郎は見張り続けた。

「音次郎、先に飯を食って来い」

「はい。じゃあ、華蔵院門前町の一膳飯屋に行って来ます」

半次は、音次郎に小粒を渡した。

音次郎は、己の行き先を告げた。

「分かった……」

「じゃあ、お先に御免なすって……」

音次郎は駆け去った。

半次は、夕暮れに覆われ始めた高村屋敷を見張った。

夕陽は沈み、高村屋敷は薄暮に沈み始めた。

高村屋敷を出入りする者はいない……。

半次は見張った。

「高村屋敷を見張っているのか……」

塗笠(ぬりがさ)を被(かぶ)った着流しの武士が、半次の背後に現れた。

半次は振り返った。

着流しの武士……。

扇屋『風雅堂』の弔いの様子を窺っていた着流しの武士、香代の弟の伊沢兵衛だ。

半次は気が付いた。

「お侍は……」

半次は、兵衛を見据えて僅かに腰を沈めた。

「岡っ引か……」

兵衛は読んだ。

「でしたら、どうします」

半次は身構えた。

刹那、兵衛は抜き打ちの一刀を放った。

半次は、跳び退いて十手を出した。

兵衛は、鋭く踏み込んで半次に斬り込んだ。

半次は十手を構える間もなく、兵衛の刀を必死に躱した。

兵衛の刀は唸り、煌めいた。

半次は、転軫橋の袂に追い詰められて漸く十手を構えた。

「余計な真似はするな……」

兵衛は、厳しく告げた。

「風雅堂徳右衛門殺しの……」

「黙れ……」

兵衛は、半次の言葉を遮るように一閃した。

一瞬早く、半次は三味線堀に身を躍らせた。

水飛沫があがった。

呼子笛（よびこぶえ）が鳴り響いた。

兵衛は驚き、辺りを見廻した。

音次郎が、三味線堀の堀端で懸命に呼子笛を吹き鳴らしていた。

久保田藩江戸上屋敷から、中間や番士たちが出て来た。

此迄（これまで）だ……。

兵衛は刀を鞘（さや）に戻し、塗笠を目深（まぶか）に被り直して足早に立ち去った。

「親分……」

音次郎は転軫橋の袂に走り、暗い三味線堀を覗き込んだ。

「こっちだ……」

半次が、離れた堀端に這（は）いあがって来た。

「大丈夫ですか……」

音次郎は駆け寄り、半次が堀端にあがるのを手助けした。

「助かったぜ、音次郎……」

半次は、全身から水を滴（したた）らせて乱れた息を整えた。

「野郎、ひょっとしたら……」

音次郎は、塗笠に着流しの武士が伊沢兵衛だと睨んだ。

「ああ、伊沢兵衛に違いないだろう」

半次は頷いた。

「やっぱり……」

音次郎は眉をひそめた。

「音次郎……」

半次は、緊張した面持ちで高村屋敷を示した。

音次郎は、半次の視線の先を追った。

高村屋敷の潜り戸の傍に、提灯を手にした老下男と年増の奥方がいた。

高村香代……。

半次と音次郎は、漸く武家の奥方の姿を見たのだ。

年増の奥方は、老下男に促されて潜り戸を入った。

「香代さまですね」

「ああ。間違いねえだろう」

半次は頷いた。

久保田藩江戸上屋敷の中間や番士たちも屋敷に戻り、三味線堀は静かな夜に覆われていった。

蚊遣り（かやり）の煙りは、開け放たれた雨戸からの夜風に揺れていた。

半次は、半兵衛の組屋敷を訪れて事の次第を告げた。

半兵衛は、伊沢兵衛が高村屋敷を見張る半次を斬り棄てようとしたのを知った。

「半次、そいつはお前が岡っ引と知っての事かな……」

半兵衛は眉をひそめた。

「はい。で、余計な真似はするなと……」

半次は告げた。

「岡っ引と知った上で、余計な真似はするなか……」

「はい……」

半次は頷いた。

「半次、伊沢兵衛は姉の高村香代を護（まも）ろうとしているのだな」

「ええ。って事はきっと……」

「うん。香代が徳右衛門殺しの下手人（げしゅにん）として眼を付けられたのを知っての所業だ」

「じゃあ、やはり徳右衛門を殺めたのは高村香代ですか……」

「うん。間違いあるまい」

「でも、高村香代はどうして……」

「恨みか、それとも他の者たちを助けようとしての事なのか……」

半兵衛は読んだ。

「他の者たちを助ける……」

半次は戸惑った。

「半次、大久保さまに聞いたのだが、風雅堂徳右衛門は葵の紋所を描いた扇子を秘かに作り、売り捌(さば)いていたそうだ」

「葵の紋所の扇子……」

半次は驚いた。

「うむ……」

半兵衛は頷いた。


高村屋敷は、相変わらず静けさに包まれていた。

半次と音次郎は、伊沢兵衛を警戒しながら高村香代の動きを見張った。

伊沢兵衛は現れず、香代が動く事もなく刻は過ぎた。

「変わりはないようだな」

半兵衛は、北町奉行所に立ち寄って高村屋敷にやって来た。

「はい……」

半次は頷いた。

「旦那、親分……」

音次郎は、薬籠（やくろう）を提（さ）げた初老の町医者が高村屋敷に入って行くのを示した。

「病人がいるのかな……」

半次は眉をひそめた。

「うむ。主の高村左門は生来の病弱だと聞く。何か病に罹（かか）ったのかもな」

半兵衛は睨んだ。

四半刻（三十分）が過ぎた。

初老の町医者が、老下男に見送られて高村屋敷から出て来た。

「よし。私が訊いて来る」

半兵衛は、高村屋敷を出て華蔵院門前町に行く初老の町医者を追った。

初老の町医者は、華蔵院門前町に出た。

半兵衛は呼び止め、駆け寄った。

初老の町医者は、怪訝に振り返った。

「やあ。先生、ちょいと訊きたい事があるのですがね」

半兵衛は笑い掛けた。

初老の町医者は、巻羽織の半兵衛を町奉行所同心だと知った。

「訊きたい事とは何かな……」

初老の町医者は、微かな警戒を過ぎらせた。

「ええ。高村左門どの、身体の具合が悪いようですね」

「高村左門さまですか……」

「ええ……」

「高村さまは、若い頃から心の臓の弱い方でしてな。奥方さまを娶られて以来、落ち着いていたのですが、此処に来て又……」

初老の町医者は眉をひそめた。

「落ち着いていた心の臓が又、悪くなったのですか……」

「ええ……」

「そいつは気の毒に……」

半兵衛は、高村に同情した。

「ま、大丈夫だとは思うが……」

初老の町医者は、己に言い聞かせるかのように告げた。

「そうですか。御造作をお掛け致した」

半兵衛は、初老の町医者に礼を述べた。

「いや。ではな……」

初老の町医者は、下谷広小路に向かって立ち去って行った。

高村左門は、落ち着いていた心の臓の持病を悪化させていた。

急に悪化したのは、何か理由があっての事なのかもしれない。

香代の凶行を知った故の悪化なのか……。

半兵衛は、想いを巡らせた。


半次と音次郎は、高村屋敷を見張り続けていた。

「親分……」

音次郎が、一方を見たまま半次を呼んだ。

半次は、音次郎の視線を辿った。

神田川から続く向柳原（むこうやなぎわら）の通りを、塗笠を目深に被った着流しの武士が来るのが見えた。

「きっと、伊沢兵衛ですぜ……」

音次郎は、緊張を滲ませた。

「ああ……」

半次は、兵衛の刀の鋭さを思い出し、秘かに身震いした。

兵衛は、辺りを窺いながら高村屋敷に油断なく進んだ。

半次と音次郎は、塗笠を被った着流しの武士を見守った。

着流しの武士は、高村屋敷の前に佇んで塗笠をあげて辺りを見廻した。

あげた塗笠の下の顔は、伊沢兵衛に間違いなかった。

「野郎、俺たちを捜していやがるんですぜ」

音次郎は、腹立たしげに告げた。

「ああ。姉の香代を護る為にな……」

半次は苦笑した。

兵衛は、半次と音次郎に気が付かず、来た道を戻り始めた。

「尾行(つけ)ますか……」

「さあて、どうするかな」

半次は面が割れており、音次郎一人では荷が重い。

下手な尾行は命取りだ……。

半次は慎重だった。

「伊沢兵衛か……」

半兵衛が背後にいた。

「旦那……」

「ええ。伊沢兵衛です」

半次は頷いた。

「よし。俺が尾行よう」

半兵衛は、小さな笑みを浮かべた。

「じゃあ音次郎、お供しな」

半次は命じた。

「合点です」

「よし。じゃあ、先に行ってくれ」

「承知……」

音次郎は、神田川に向かう兵衛を追った。

「じゃあな……」

半兵衛は、音次郎に続いた。

神田川は煌めいていた。

伊沢兵衛は、神田川に架かっている新シ橋(あたらばし)を渡った。

浜町の自分の屋敷に帰るのか……。

音次郎は、充分な距離を取って続いた。

半兵衛の旦那が後ろから来る……。

音次郎は、怯える事もなく余裕を持って兵衛を尾行た。

半兵衛は、音次郎の足取りに余裕を感じた。

余裕を持った尾行は、相手に不審を抱かせる事はない……。

神田川に架かる新シ橋を渡った兵衛は、屋敷のある浜町に戻らず、日本橋の通りに向かった。

何処に行くのだ……。

音次郎と半兵衛は追った。

日本橋に続く通りに出た伊沢兵衛は、室町に進んだ。

扇屋『風雅堂』に行くのか……。

音次郎は読んだ。

兵衛は、大戸を閉めて喪に服している扇屋『風雅堂』を一瞥(いちべつ)して通り過ぎた。

風雅堂じゃあない……。

音次郎は戸惑った。

兵衛は日本橋を渡って西に曲がり、日本橋川沿いの道を進んだ。

何処に行く……。

半兵衛は、兵衛と音次郎の後を追った。

まさか……。

半兵衛は思わず苦笑した。

四

日本橋川沿いを進むと一石橋(いちこくばし)があり、外濠(そとぼり)に出る。その外濠に架かっている呉(ご)服橋(ふくばし)御門を渡ると北町奉行所があった。

兵衛は、日本橋川沿いを外濠に向かって進み、音次郎が尾行ていた。

伊沢兵衛は、北町奉行所に行く気なのかもしれない。

半兵衛は読み、足取りを速めて音次郎に並んだ。

「旦那、何処に行くんですかね」

音次郎は、困惑を浮かべていた。

「北町奉行所かもしれぬ……」

半兵衛は、兵衛の背を見詰めて告げた。

「北町奉行所……」

音次郎は驚いた。

「うむ。きっとな……」

半兵衛は、外濠に架かっている呉服橋御門を渡って行く兵衛を追った。

音次郎は続いた。


呉服橋御門を渡った伊沢兵衛は、北町奉行所の表門前に佇んだ。

半兵衛と音次郎は見守った。

兵衛は、塗笠をあげて北町奉行所を眺めた。

北町奉行所には様々な者が出入りしていた。

何しに来たのだ……。

半兵衛は、兵衛を見張った。

兵衛は、表門の番士に近づいて何事かを尋ねた。

「何を訊いているんですかね」

音次郎は眉をひそめた。

「さあ、何かな……」

半兵衛は見守った。

兵衛は、番士に礼を述べて未練げに表門内を一瞥し、呉服橋御門に向かった。

「音次郎、私が追う。兵衛が何を訊いたか確かめて来い」

「合点です」

音次郎は、表門の番士の許に走った。

半兵衛は、兵衛を追った。

「風雅堂徳右衛門殺しを扱っている同心の旦那が誰か、訊いて来たんですかい……」

音次郎は、思わず聞き返した。

「ああ。それで臨時廻りの白縫半兵衛さまだと教えたら、今いるかと……」

番士は告げた。

伊沢兵衛は、徳右衛門殺しを探索している同心が誰か調べている。

音次郎は知った。

「それで……」

「お出掛けになったままだと云ったら帰ったけど、何か拙かったかな」

番士は、心配げに眉をひそめた。

「いえ。そんな事はありませんよ。じゃあ……」

音次郎は、兵衛と半兵衛の向かった呉服橋御門に急いだ。

呉服橋御門を渡った伊沢兵衛は、一石橋を渡って日本橋川沿いの道を日本橋に向かった。

半兵衛は充分な距離を取り、慎重に追った。

兵衛は、日本橋の北詰を抜けて尚も進んだ。

そのまま進めば、西堀留川に架かる荒布橋、照降町、東堀留川に架かる親父橋、人形町と続き、浜町堀に出る。

浜町堀を渡った処に、伊沢兵衛の屋敷があった。

兵衛は、己の屋敷に帰る……。

半兵衛は読んだ。

兵衛は、浜町堀に架かっている高砂橋を渡って己の屋敷に帰った。

半兵衛は見届けた。

「半兵衛の旦那……」

音次郎が追って来た。

「おう……」

「自分の屋敷に戻りましたか……」

「うん。して、伊沢兵衛は番士に何を尋ねたのだ」

「そいつが旦那、徳右衛門旦那殺しを探索している同心は誰かと訊いたそうですぜ」

「で、教えたのか……」

「はい。臨時廻りの白縫半兵衛の旦那だと教えたそうです。そうしたら、今いるかと……」

「ほう。伊沢兵衛、私に逢いたがっているのか……」

半兵衛は、微かな戸惑いを覚えた。

「ええ。旦那に何の用があるんですかね」

音次郎は首を捻った。

「うむ……」

「ひょっとしたら、姉の香代を護る為、旦那の命を狙っていたりして……」

音次郎は眉をひそめた。

「伊沢兵衛、それ程、愚かではあるまい」

半兵衛は苦笑した。

兵衛は何を企(くわだ)てているのか……。

半兵衛は、兵衛の腹の内を読もうとした。

陽差しは強くなった。

半兵衛は、眩しげに見上げた。


三味線堀、高村屋敷は町医者が帰って以来、出入りする者はいなかった。

半次は見張った。

香代は何をしているのか……。

半次は、高村屋敷を眺めた。

「親分……」

音次郎が駆け寄って来た。

「おう。伊沢兵衛、どうした……」

「それなんですが、あれから北町奉行所に行きましてね……」

「北町奉行所に……」

半次は眉をひそめた。

「ええ……」

音次郎は、伊沢兵衛の動きを半次に話し始めた。

蟬が煩く鳴き始めた。


北町奉行所の中庭には、木洩れ日が揺れていた。

半兵衛は、吟味方与力の大久保忠左衛門の用部屋を訪れた。

「如何致した、半兵衛……」

忠左衛門は、微かな戸惑いを浮かべた。

「殺された風雅堂徳右衛門が秘かに作り、売り捌いた葵の御紋の絵柄の扇子、手に入りましたか」

半兵衛は尋ねた。

「う、うむ。それなのだが、昵懇の仲の大身旗本家の用人に訊いたのだが、買うには買ったが、御公儀に知れると厳しいお咎めを受けると恐れ、既に燃やして始末したそうだ」

忠左衛門は、筋張った首を伸ばして悔しげに告げた。

「燃やして始末……」

半兵衛は眉をひそめた。

「うむ……」

「ならば、他に葵の御紋の絵柄の扇子を買った者は……」

「そいつが皆、御公儀に知れるのを恐れ、始末したか、内緒にしているのだ」

忠左衛門は、困惑の吐息を洩らした。

葵の御紋の扇子を面白半分で買った者たちは、今更になって事の恐ろしさに気が付き始めたのだ。

「そうですか……」

忠左衛門の線から葵の御紋の絵柄の扇子を手に入れるのは無理だ。

半兵衛は、次の手立てを思案した。

「葵の御紋の扇子にございますか……」

扇屋『風雅堂』の番頭彦造は、嗄れ声を引き攣らせた。

「ああ、殺された徳右衛門は、そいつを秘かに作って売り捌いた。そうだね」

半兵衛は、彦造を蕎麦屋の小座敷に呼び出して問い質した。

「そ、それは……」

彦造は、引き攣る嗄れ声を詰まらせた。

「彦造、葵の御紋の扇子の事が公儀に知れると、風雅堂は云うに及ばず、番頭のお前や職人たちも只ではすまぬ……」

半兵衛は、彦造を見据えて告げた。

「し、白縫さま……」

彦造は、恐怖を露わにした。

「彦造、徳右衛門は何故、葵の御紋の扇子を秘かに作ったのだ」

「あ、遊びです」

「遊び……」

半兵衛は眉をひそめた。

「はい。旦那さまは、葵の御紋の扇子を洒落と云うか、遊びで十本程作り、好事家のお得意様に秘かに売ったのでございます」

「十本程……」

「左様にございます」

「して、売れ行きは……」

「それはもう、あっと云う間に……」

「ならば葵の御紋の扇子、風雅堂に残ってはいないのか……」

「一本だけ残っていたのですが、それは旦那さまがお持ちになられて……」

「ならば徳右衛門は、殺された時も……」

「お持ちになられていた筈にございます」

「だが、殺された時、徳右衛門は葵の御紋の扇子を持っていなかった」

半兵衛は告げた。

おそらく、徳右衛門を殺した香代が持ち去ったのだ。

「そ、そんな……」

彦造は恐怖に震えた。

「彦造、徳右衛門が遊びで作った葵の御紋の扇子で、何の罪もない多くの職人が公儀の厳しい仕置を受けるかもしれないのだ」

半兵衛は厳しく告げた。

「白縫さま、葵の御紋の扇子は、旦那さまと手前だけが知っていて、お内儀さまや若旦那、他の奉公人たちは知らぬ事にございます。どうか、そこの処をお含み置きを。申し訳ございません」

彦造は平伏した。

愚かな主を持った奉公人……。

半兵衛は、番頭の彦造を哀れんだ。


三味線堀に魚が跳ね、水面には波紋が幾重にも広がっていた。

半次と音次郎は、高村屋敷を見張り続けた。

「御苦労さん……」

半兵衛がやって来た。

「動かないか……」

半兵衛は、高村屋敷を眺めた。

「はい。で、葵の御紋の扇子はどうでした」

半次は尋ねた。

「大久保さまの線は無理だな」

「そうですか……」

「旦那、親分……」

音次郎が、緊張した声で囁いた。

「どうした……」

「香代さまです……」

音次郎は、高村屋敷の裏手から出て来た香代を示した。

「旦那……」

半次は喉を鳴らした。

「うむ……」

半兵衛は、香代を見詰めて頷いた。

漸く香代を見た……。

香代は、高村屋敷を振り返って一瞥し、三味線堀の堀端を足早に進んだ。

動く……。

半兵衛は、香代を追った。

半次と音次郎が続いた。

香代は、三味線堀から流れる鳥越川に架かっている転軫橋を渡り、東に進んだ。

東に進めば、元鳥越町、新堀川（しんぼりがわ）、蔵前（くらまえ）の通り、そして浅草御蔵（あさくさおくら）がある。

何処に行くのだ……。

香代は、元鳥越町の傍を抜けて新堀川に架かっている小橋を渡った。

半兵衛、半次、音次郎は尾行た。

新堀川は、やがて鳥越川と合流して浅草御蔵脇から大川（おおかわ）に流れ込んでいた。

香代は、蔵前の通りに出て浅草に向かった。

そして、浅草御蔵の北の外れの道を大川に向かった。

「御厩河岸（おうまやがし）の渡し場ですね」

半次は、香代の行き先を読んだ。

「うん……」

半兵衛、半次、音次郎は追った。

渡し船は、客を乗せて御厩河岸から大川に漕（と）ぎ出して行った。

香代は、船着場から離れた処に佇んで大川の流れを眺めた。

半兵衛、半次、音次郎は見守った。

大川の流れは西日に輝いていた。

香代は、輝く大川の流れを眩しげに眺めた。

「半次……」

半兵衛は眉をひそめた。

「はい。危ないですね」

半次は、厳しさを滲ませた。

「えっ、何が危ないんですか……」

音次郎は、半兵衛と半次に怪訝な眼を向けた。

次の瞬間、香代は大川の流れに身を投げた。

水飛沫が僅かにあがった。

「うわぁ……」

音次郎は驚いた。

「助けろ……」

半兵衛は、半次と音次郎に命じて渡し場に走った。

「は、はい……」

音次郎は、大川に飛び込んだ。

半次が続いた。

香代は、浮き沈みをしながら流されていた。

半次と音次郎は、流されて行く香代を懸命に追った。

半兵衛は、渡し場の端に舫ってあった猪牙舟に飛び乗った。

「船頭、身投げだ。猪牙を出せ」

半兵衛は、舫い綱を解きながら驚いている船頭に命じた。

「へ、へい……」

船頭は、慌てて猪牙舟を大川に漕ぎ出した。

半次と音次郎は、浮き沈みをしながら流されて行く香代に追い付き、摑まえた。

香代は、既に意識を失っていた。

半次と音次郎は、意識を失っている香代を摑まえ、流されながら岸辺に向かった。

「半次、音次郎……」

半兵衛が、猪牙舟に乗って追って来た。

「旦那……」

半次と音次郎は、意識を失っている香代を猪牙舟に押し上げた。

半兵衛は、香代を猪牙舟に引き上げた。

行き交う船が気が付き、助っ人に漕ぎ寄せて来た。

大川は夕陽に染まり始めた。


浜町堀には行き交う船の明かりが揺れ、三味線の爪弾き（つまびき）が洩れていた。

伊沢屋敷は月明かりに照らされていた。

半兵衛は、伊沢屋敷の潜り戸を叩いた。

僅かな刻が過ぎ、潜り戸の覗き窓から下男が顔を見せた。

「どちらさまにございますか……」

下男は、半兵衛に探る眼差しを向けた。

「私は北町奉行所同心の白縫半兵衛。主の伊沢兵衛どのに、姉上高村香代さんの件で急ぎお逢いしたいとお伝え願いたい」

半兵衛は、厳しい面持ちで告げた。

「お、お待ち下さい」

下男は、慌てて覗き窓の傍から離れた。

障子の開け放たれた座敷の外の庭には、虫の音が響いていた。

下男は半兵衛に茶を出し、縁側に蚊遣りを置いて座敷を出て行った。

蚊遣りの煙りは、揺れながら立ち昇った。

半兵衛は茶を飲んだ。

「お待たせ致した……」

伊沢兵衛は、刀を手にして現れた。

「私が伊沢兵衛です」

兵衛は、半兵衛を見据えた。

話に因っては、容赦なく抜き打ちの一刀を浴びせる……。

半兵衛は、兵衛の覚悟を見た。

「夜分畏れ入る。北町奉行所の白縫半兵衛です」

半兵衛は微笑んだ。

「して、姉の高村香代の件とは……」

「高村香代さん、夕暮れ時に御厩河岸から大川に身を投げましてな」

半兵衛は告げた。

「身を投げた……」

兵衛は、激しく狼狽えた。

「左様。だが、偶々居合わせた私の手の者たちが助け、医者に担ぎ込みましてな。どうやら命は取り留めるかと……」

半兵衛は告げた。

「左様でしたか、それは忝い……」

兵衛は、安堵を浮かべて半兵衛に頭を下げた。

「いや。礼には及ばぬ。だが、気になるのは、何故に身投げをしたかです」

「姉上は何と……」

兵衛は、探るように半兵衛を見た。

「それが、自分は扇屋風雅堂徳右衛門を殺めた。その償いだと申しておられる」

「姉上が……」

「左様。それ故、殺めた理由を問い質したのだが、口を噤みましてな」

「口を噤んだ……」

「口を噤み、唯々、徳右衛門を殺めたと申すばかり。その理由に因っては、町方奉行所にもそれなりの始末の仕方があるのですがな……」

半兵衛は、兵衛の出方を窺った。

「それなりの始末の仕方……」

兵衛は呟いた。

「如何にも……」

半兵衛は頷いた。

「殺めた理由ですか……」

兵衛は訊いた。

「うむ。ご存知ですかな……」

半兵衛は、兵衛を見据えた。

「それは……」

兵衛は、迷い躊躇いを浮かべた。

「香代さんが描いた葵の御紋が絵柄の扇子……」

半兵衛は、不意に告げた。

「黙れ……」

刹那、兵衛が片膝立ちになって抜き打ちの一刀を上段から斬り下ろした。

閃光が半兵衛を襲った。

刃の咬み合う音が甲高く響いた。

半兵衛は、刀を両手で抜き掛け、兵衛の抜き打ちの一刀を頭上で受け止めた。

庭先の虫の音が消えた。

「白縫どの、姉は何も知らずに徳右衛門に頼まれた葵の御紋の上絵を描いただけだ」

兵衛は、刀を押した。

「だが、徳右衛門はその葵の御紋の上絵を使って扇子を作り、馴染客の好事家に売った」

半兵衛は押し返した。

「そうだ。姉は葵の御紋の扇子が御公儀に知れ、作った職人たちがお咎めを受けるのを恐れた。罪のない職人たちが厳しく仕置されるのを恐れたのだ」

「それ故、徳右衛門を殺めたか……」

「そうだ……」

兵衛は、刀を引いて二の太刀を放った。

次の瞬間、半兵衛は座ったまま抜き打ちの一刀を閃かせた。

閃光が交錯した。

兵衛の刀が弾き飛ばされ、天井に深々と突き刺さった。

半兵衛は、刀を兵衛の胸元に突き付けた。

田宮流抜刀術の見事な一刀だった。

兵衛は、息を飲んで凍て付いた。

「私の調べでは、すべては扇屋風雅堂徳右衛門の洒落、愚かな遊び心から起きた事……」

半兵衛は、静かに告げた。

「し、白縫どの……」

兵衛は、嗄れ声を震わせた。

「悪いのは、扇屋風雅堂徳右衛門。姉上の香代どのは、己のした事を恐れ、悔み、拘わった職人たちの身を案じて悩み、苦しみ、乱心した……」

半兵衛は、兵衛に突き付けていた刀を鞘に納めた。

「乱心。姉上が乱心したと……」

兵衛は困惑した。

「如何にも。高村香代さんは乱心した。その証（あかし）に大川に身を投げた……」

半兵衛は微笑んだ。

「白縫どの……」

兵衛は、呆然（ぼうぜん）と半兵衛を見詰めた。

庭の虫が再び鳴き始めた。

乱心者は罪を酌量、屋敷に押し込めにされるのだ。

兵衛は、半兵衛に香代を捕らえるつもりのないのを知った。

「おぬしは香代さんを高村屋敷に連れて行き、心の臓の病の高村左門どのに事の仔細（しさい）を丁寧に話すのだな」

半兵衛は告げた。

「はい……」

兵衛は頷いた。

「兵衛さん、殺された徳右衛門は葵の御紋の扇子を持っていた筈なのだが、知っているかな……」

「葵の御紋の扇子ですか……」

「左様。ご存知ですな」

「姉上が徳右衛門から奪い、今此処に……」

兵衛は、己の帯に差していた一本の扇子を差し出した。

「やはりな……」

半兵衛は受け取り、扇子を開いた。

扇子には、葵の御紋が描かれていた。

「此があれば、風雅堂も徳右衛門の死を荒立てず、穏やかに始末しようとする筈……」

事を荒立てれば、徳右衛門が葵の御紋の扇子を作り、秘かに売り捌いた事が公儀に知れ、扇屋『風雅堂』は闕所（けっしょ）となり、若旦那や番頭は死罪の仕置を受けるかもしれない。

扇屋『風雅堂』は、その証である葵の御紋の扇子がある限り、穏やかに事を納めようとする筈だ。

半兵衛は苦笑した。

「し、白縫どの、忝（かたじけの）うございます」

兵衛は平伏した。

「ならば、香代さんの処に……」

半兵衛は、葵の御紋の扇子を畳んで懐に入れ、兵衛を促した。

蚊遣りの煙りは揺れた。


兵衛は、姉の香代を三味線堀の高村屋敷に連れて帰った。

半兵衛は、半次や音次郎と見送った。

「良いんですか旦那、高村香代を屋敷に帰して……」

音次郎は心配した。

「音次郎、香代さまをお縄にして徳右衛門殺しの理由を調べれば、罪のない扇子作りの職人たちにも罪科が及ぶ。香代さまはそいつを心配して大川に身を投げ、何もかも抱えて死のうとしたんだ」

半次は告げた。

「でも……」

音次郎は、首を捻った。

「音次郎、そいつが扇屋風雅堂の為でもあるんだ。悪いのは殺された徳右衛門の愚かな遊び心だ……」

半兵衛は、徳右衛門の洒落、愚かな遊び心を憎んだ。

「そうか、香代さまだけの為じゃあなく、職人や風雅堂の為ですか……」

音次郎は頷いた。

「ああ。世の中には、私たちが知らん顔をした方が良い事があるってやつだ」

半兵衛は苦笑した。

「うむ。高村香代、乱心の挙げ句、扇屋風雅堂徳右衛門を手に掛けて、大川に身投げをしたか……」

大久保忠左衛門は、筋張った首を伸ばして大きく頷いた。

「はい。それで辛うじて一命は取り留めたものの、何分にも乱心しておりましてね。夫の高村左門と弟の伊沢兵衛に預けて参りました」

半兵衛は、忠左衛門に報告した。

「そうか、高村香代、乱心しておったか……」

忠左衛門は頷いた。

「おそらく徳右衛門に命じられて葵の御紋の扇子を作った職人たちを護ろうと、悩み、苦しんで乱心致し、徳右衛門を手に掛けたものかと存じます」

半兵衛は、忠左衛門にそれとなく己の描いた絵図を説明した。

「成る程。それで半兵衛、風雅堂の者共は納得したのか……」

「はい。葵の御紋の扇子を見せた処……」

「納得したか」

「何事も風雅堂を護る為だと……」

「それは重畳。そうか、高村香代、乱心しての所業だったか……」

忠左衛門は、筋張った首を伸ばして満足げに頷いた。

半兵衛は微笑んだ。


暑さは続いた。

半兵衛は、暑い町を眺めた。

人気のない通りの奥に逃げ水が輝いていた。

逃げ水……。

半兵衛は、眩しく眼を細めた。

徳右衛門殺しは、輝く逃げ水の彼方に揺れて消えた……。

第二話　御禁制

一

　船明かりは、夜の大川の流れに幾つも映えていた。

　大川は五月二十八日から八月二十八日迄（まで）の三月（みつき）の間、船による納涼が許されていた。その間、様々な納涼船が行き交い、夜の大川は昼間と変わらない賑（にぎ）わいを見せる。

　柳橋（やなぎばし）の船宿『笹舟（ささぶね）』は、船遊びをする客で忙しい夜が続いていた。

　総髪（そうはつ）に十徳（じっとく）姿の初老の男が、芸者や男衆と屋根船に乗り込み、賑やかに大川に出掛けて行った。

　女将（おかみ）のおまきは、仲居たちと見送った。

「随分と賑やかな客だな……」

北町奉行所臨時廻り同心の白縫半兵衛は、神田川の川端に置かれた縁台で船宿『笹舟』の主で岡っ引の弥平次や半次と冷たい茶を飲んでいた。

「奥医師の中井清州さまですよ」

弥平次は苦笑した。

「奥医師の中井清州……」

半兵衛は、神田川を行く中井清州の乗った屋根船を眺めた。

「はい。何分にも御公儀の奥医師さまですから腕は良いそうですが、いろいろ噂のある方ですよ」

弥平次は眉をひそめた。

「ほう。いろいろ噂があるのか……」

「ええ。急病で苦しんでいる年寄りと出会しても、薬代がないと見て何もせずに立ち去ったとか、御公儀の高貴薬を横流しして私腹を肥やしているとか……」

「あっしも聞いた覚えがありますよ。質の悪い奥医師がいるって……」

半次は笑った。

「成る程な……」

縁台の上と下には蚊遣りが置かれ、立ち昇る煙りがゆったりと揺れていた。

「お待たせ致しました」

弥平次の養女で若女将のお糸（いと）が、音次郎（おとじろう）と酒と肴（さかな）を持って来た。

「すみません、半兵衛の旦那、半次の親分、こんな処（ところ）で……」

お糸は詫びた。

「なあに、忙しいと知って寄ったこっちが悪いのだ。気にしないでくれ」

半兵衛は笑った。

「ささ、半兵衛の旦那……」

お糸は、冷やした酒を半兵衛の猪口（ちょこ）に満たした。

「じゃあ親分……」

半次が、冷たい徳利（とっくり）を弥平次に差し出した。

「おう。すまないな、半次……」

弥平次は、笑顔で半次の酌（しゃく）を受けた。

半次は、半兵衛から手札を貰った時から岡っ引の柳橋の弥平次の世話になっており、手先の者たちと何度も一緒に探索をしていた。

因（ちな）みに云えば、弥平次は南町奉行所吟味方与力（ぎんみかたよりき）秋山久蔵（あきやまきゅうぞう）と定町廻り（じょうまちまわり）同心の神崎和馬（かんざきかずま）から手札（てふだ）を貰っている。

半兵衛、半次、音次郎、弥平次は、川端に置かれた縁台で酒を飲み始めた。

神田川を吹き抜ける風は涼しく、大川からは三味線や太鼓の音が流れて来ていた。


秋が近づいたのか、久し振りに涼やかな朝が訪れた。

半兵衛は、訪れた廻り髪結の房吉の日髪日剃を受け、半次や音次郎と北町奉行所に顔を出して見廻りに出た。

外濠に架かっている呉服橋御門を渡って日本橋に出る。そして、日本橋を北に渡り、大通りを行けば神田八ツ小路だ。

半兵衛は半次と音次郎を伴い、大通りと連なる店を見廻りながら神田八ツ小路に進んだ。

大通りと連なる店に変わった事はなかった。

神田八ツ小路は、多くの人々が行き交っていた。

半兵衛、半次、音次郎は、神田八ツ小路を横切って神田川に架かる昌平橋に進んだ。

神田川には、気の早い紅葉(もみじ)が流れていた。

半兵衛は、昌平橋の袂(たもと)に立ち止まり、船着場を見下ろした。

半次は、半兵衛の視線を追った。

半兵衛の視線の先の船着場には、屋根船が繋(つな)がれていた。

屋根船の障子の内には、総髪で十徳姿の奥医師中井清州が乗っていた。

「奥医師の中井清州さまですか……」

半次は、船宿『笹舟』で見掛けた奥医師の中井清州を覚えていた。

「ああ……」

半兵衛は頷(うなず)いた。

中井清州は、人待ち顔で昌平橋や岸辺を見廻していた。

清州の乗っている屋根船は、船宿『笹舟』のものではなく、船頭も見知らぬ者だった。

粋(いき)な形(なり)をした年増(としま)が、足早に船着場に降りて清州の乗っている屋根船に乗り込んだ。

清州は、嬉(うれ)しげな笑みを浮かべて船頭に屋根船を出すように告げ、障子を閉めた。

船頭は舫(もや)い綱(づな)を解(ほど)き、屋根船を大川に向けて進めた。

「昼間から良い気なもんだ」

音次郎は、悔しげに吐き棄てた。

清州と粋な形の年増を乗せた屋根船は、ゆったりとした船足で大川に向かって行く。

半兵衛は見送った。

「旦那……」

半次は促した。

「ああ……」

半兵衛は昌平橋を渡り、神田明神に向かった。

「粋な形の年増、何処の誰なんですかね」

半次は眉をひそめた。

「さあな……」

半兵衛は苦笑した。

神田明神や湯島天神は、喧嘩や物盗りなどもなく平穏だった。

半兵衛、半次、音次郎は、湯島天神から不忍池と下谷広小路に廻った。

見廻りに変わった事はなかった。

半兵衛は北町奉行所に戻り、大久保忠左衛門の用部屋を訪れた。

「奥医師の中井清州……」

忠左衛門は、筋張った首を伸ばして眉をひそめた。

「ええ。どんな方か評判を集めちゃあ貰えませんか……」

「中井清州がどうかしたのか……」

「いえ。未だ別に何とも。ですが、ちょいと気になりましてね」

「分かった。奥医師の中井清州の評判を集めれば良いのだな」

忠左衛門は頷いた。

「はい。では、宜しくお願いします。御免」

半兵衛は、忠左衛門に一礼して用部屋を後にした。

夕陽が差し込み、用部屋の障子を赤く染め始めた。

大川は荷船の行き交う時も過ぎ、束の間の静けさを迎えていた。

半兵衛は、半次と音次郎を従えて永代橋の西詰にある船番所を訪れた。

「やあ。御苦労さんだね。仏さん、いつもの処かな」

半兵衛は、船番所の番士たちに挨拶(あいさつ)をして土左衛門(どざえもん)の安置場所を尋ねた。

「はい。こちらです」

番士は、半兵衛、半次、音次郎を船番所の裏手の船小屋に案内した。

「今朝方、荷船の船頭が永代橋の橋脚に引っ掛かっているのを見つけましてね……」

番士は、船小屋の戸を開けた。

船小屋には小舟が繋がれ、板の間には筵(むしろ)を掛けられた死体があった。

半兵衛、半次、音次郎は、死体に手を合わせた。

「じゃあ……」

半次は、半兵衛に筵を捲(めく)ると目顔(めがお)で伝えた。

「うん……」

半兵衛は頷いた。

半次は、死体に掛けられた筵を捲った。

筵の下には、年増の死体があった。

「年増ですね……」

半次は、三十歳前後の女の死体を見廻した。

「うん……」

半兵衛は眉をひそめた。

女は髷を崩し、濡れた赤い襦袢を身体に張り付けていた。

「土左衛門ですか……」

音次郎は訊いた。

「違う」

半兵衛は短く答えた。

「違うんですか……」

音次郎は眉をひそめた。

「音次郎、溺れ死にをした者をどうして土左衛門と云うか、知っているか……」

半兵衛は、年増の身体に張り付いている赤い襦袢を開いた。

年増の白い身体に傷や痣はなかった。

「いいえ……」

「昔、成瀬川土左衛門って名の肥った相撲取りがいてな。溺れ死にをした者は水を飲んで膨れあがり、その相撲取りのようだと云う処から土左衛門と呼ぶようになった」

半兵衛は、年増の白い身体を検めた。

「へえ、そうなんですか……」

「この仏さん、膨れあがっているかな」

半兵衛と半次は、年増を俯せにした。

「いいえ……」

「死んでから大川に入った。いや、投げ込まれたとみて良いだろう」

年増の背中や尻にも、傷や痣はない。

「死んでからじゃあ、水は飲めないし、大川に飛び込めもしないからな」

半次は告げた。

「じゃあ、年増は殺されたんですか……」

「殺されたかどうかは分からぬが、死んでから大川に投げ込まれたのに間違いはない」

年増の身体の何処にも、傷や痣はなかった。

半兵衛は、検め終えた年増の死体を上向きに戻し、赤い襦袢の襟と裾を合わせた。

「身体の何処にも、刺されたり斬られた傷はありませんね」

半次は眉をひそめた。

「うむ……」

半兵衛は、厳しさを滲ませた。

「じゃあ、首を絞めて殺されたんじゃありませんかね」

音次郎は読んだ。

「音次郎、首を手や紐で絞めて殺せば、痕が痣のように残る」

半次は教えた。

「そうですか。じゃあ親分、どうやって……」

「音次郎、刃物や紐を使わない殺しは、他にもある」

「えっ。どんな……」

「毒だ」

半兵衛は、年増が毒を盛られて殺された後、大川に投げ棄てられたと読んだ。

「あっしもそう思います」

半次は頷いた。

「毒ですか……」

「うむ。それからこの年増、此の前、昌平橋の船着場から奥医師の中井清州と屋根船に乗って行った粋な年増に似ていないかな」

半兵衛は、年増の死に顔を見詰めた。

「ええ。あの時は化粧をしており、今は素(す)っぴん、はっきりはしませんが、似ているような気もしますね」

半次は頷いた。

「やはりな……」

半兵衛は、小さな笑みを浮かべた。

「そうか、奥医師の中井清州だったら毒を手に入れるのは造作もありませんね」

音次郎は意気込んだ。

「先走るんじゃない、音次郎……」

半兵衛は苦笑した。

「はい……」

「よし。半次、仏さんを養生所(ようじょうしょ)に運び、良哲(りょうてつ)先生と大木(おおき)俊道(しゅんどう)先生に詳しく検めて貰ってくれ」

半兵衛は命じた。

良哲先生とは、小石川養生所の肝煎で本道医の小川良哲の事であり、大木俊道先生は同じ養生所の外科医だった。

半兵衛は、良哲と俊道に仏を詳しく検めて貰い、死因を突き止めようとした。

「承知しました。音次郎、大八車を借りて来い」

「合点です」

音次郎は、船小屋から出て行った。

「私は行方知れずになっている年増がいないか、調べてみる」

半兵衛は、それぞれのやる事を決めた。

赤い襦袢一枚で死んでいた年増には、身許を教える物はなにもなかった。

先ずは、仏の年増が何処の誰かだ……。

半兵衛は、北町奉行所で行方知れずの届け出を調べた。

行方知れずの届け出の中に、三十歳前後の女のものはなかった。

三十歳前後の女の行方知れずはいないのか、それとも未だ届けは出されていないのかもしれない。

何れにしろ、届けが出されるのを待ってはいられない。

半兵衛は、神田川に架かっている昌平橋に赴いた。

昌平橋は、神田八ツ小路と不忍池に続く明神下の通りを繋いでいる。

半兵衛は、仏が奥医師中井清州と屋根船に乗って行った粋な形の年増だとして追ってみる事にした。

あの時、粋な形の年増は明神下の通りからやって来た。

となると、明神下の通り、神田川の北側にある町で暮らしているとみて良い。

明神下の通り沿いには、湯島横町、御臺所町、神田旅籠町、金沢町、神田同朋町などがある。

半兵衛は、行方知れずになっている粋な形の年増がいないか、そうした町々の自身番を尋ね歩いた。

「粋な形をした年増ですか……」

金沢町の自身番の店番は、首を捻った。

「うむ。で、此処二、三日、見掛けていない年増だ……」

「さあて……」

店番は、困惑を浮かべた。

「白縫さま、見掛けていない処か、此の町内に粋な形の年増なんていやしませんよ」

老番人は、真顔で告げた。

「いないのか、粋な形の年増……」

半兵衛は眉をひそめた。

「ええ。いませんよ、この町内には……」

老番人は、自信を持って断言した。

「そうか……」

半兵衛は苦笑した。

「白縫さま、粋な形の年増なら時々、此処を通りますが、あれは確か妻恋町に住んでいる女だと思いますよ」

老番人は告げた。

「妻恋町に住んでいる女か……」

妻恋町は明神下の通りを不忍池に向かって進み、途中の妻恋坂に曲がって上がりきった処にある。

「はい……」

老番人は頷いた。

「よし……」

半兵衛は、妻恋町に向かった。


小石川養生所の庭には、洗濯をされた帷子(かたびら)や晒(さら)しなどが干され、風に揺れていた。

半次は、音次郎と共に年増の仏を養生所に運び、小川良哲と大木俊道に半兵衛の頼みを告げた。

良哲と俊道は快く引き受け、年増の仏の死体を検め始めた。

半次と音次郎は、庭先で検めが終わるのを待った。

養生所は、公儀の費用で運営される貧民の為の医療施設であり、通いの患者の他に多くの入院患者もいた。

一刻(二時間)程が過ぎた頃、良哲と俊道の死体の検めは終わった。

「如何(いかが)でしたか……」

「半兵衛さんや半次の親分の睨(にら)み通り、心の臓が止まってから大川に棄てられたようだね」

　良哲は告げた。

「斬られたり刺された傷はなく、首を絞められた痕もない。で……」

　俊道は眉をひそめた。

「はい……」

　半次は、喉を鳴らして頷いた。

「毒を盛られたかと思ったが、その形跡は身体の何処にも浮かんでいない……」

「えっ……」

　半次は戸惑った。

「つまり、毒を盛られた訳ではないようだ」

　俊道は、毒殺を否定した。

「そうなんですか……」

　半次は戸惑った。

　年増は毒を盛られておらず、半兵衛や半次の睨みは崩れた。

「じゃあ、どうして……」

「半次の親分、仏さんは何らかの衝撃を受けて、心の臓が止まったのだろう」

良哲は告げた。

「何らかの衝撃ですか……」

「うむ。何かに激しく驚いたとか、体に合わない食べ物を食べたり、薬を飲んだりして、心の臓が急激に痛んで止まったとかな……」

良哲は眉をひそめた。

「そうですか……」

「親分、そんな事ってあるんですか……」

音次郎は困惑した。

「ああ、突然ぽっくり逝くってやつだ」

半次は苦笑した。

「うん。ま、他にちょいと気になる処があるので、俊道先生ともう少し調べてみるがね」

良哲は、俊道と顔を見合わせて告げた。

「えっ。粋な形の年増ですか……」

妻恋町の店番は眉をひそめた。

「うむ。妻恋町にいると聞いて来たのだが、心当りあるかな……」

半兵衛は尋ねた。

「は、はい。白縫さまお尋ねの、界隈で噂の粋な形の年増は、きっと芸者あがりの都々逸のお師匠さんだと思いますが……」

「芸者あがりの都々逸のお師匠さん……」

「はい……」

「名は何と云うのだ」

半兵衛は訊いた。

「お、おくみさんと申します」

「おくみか。家は何処だ……」

「白縫さま、そのおくみさんなんですが、三日前に出掛けたまま戻らないと、今、一緒に暮らしている婆やさんが届けに来ましてね」

店番は眉をひそめた。

辿り着いたか……。

行方知れずの粋な形の年増が、漸くその影を浮かべた。

半兵衛は、妙な安堵を覚えた。

二

元芸者の都々逸の師匠おくみは、三日前に出掛けたっきり、妻恋町の自宅に帰って来ていない。

半兵衛は、自身番の番人に誘われて妻恋町の端にある仕舞屋に赴いた。

都々逸の師匠のおくみは、婆やと二人暮らしだった。

「して、おくみは三日前、何処に何しに出掛けたのかな」

半兵衛は、婆やに尋ねた。

「は、はい……」

婆やは、何故か躊躇った。

「婆さん、知っている事を何もかも正直に云わなければ、おくみの身に何が起きているか分からぬぞ」

半兵衛は、婆やを厳しく見据えた。

「だ、旦那……」

婆やは怯えを滲ませた。

「三日前、おくみは何処に行ったのだ」

「はい。おっ師匠さんは、お上の偉い方と船遊びに行くと仰ってお出掛けになりました」

「お上の偉い方と船遊び……」

お上の偉い方とは、奥医師の中井清州なのかもしれない。

「婆さん、お上の偉い方ってのは誰だい……」

「何て仰いましたか。おっ師匠さん、いろいろな旦那方とお付き合いをしておりましたので……」

婆やは首を捻った。

「そうか。じゃあ、その偉い方って人の仕事が何かは、聞いちゃあいないかな」

「さあ、聞いたかもしれませんけど、覚えちゃあいませんよ」

婆やは、面倒そうに首を横に振った。

「そうか。じゃあ、奥医師の中井清州と云う名を聞いた事があるかな」

「奥医師の中井清州さまですか……」

婆やは困惑を浮かべた。

「うん。どうだ。おくみから聞いた事はないかな」

「はい。聞いた事はないと思います」

婆やは、自信なげな面持ちで首を捻った。

歳の所為で物覚えが悪くなっているのかもしれない……。

婆やの記憶に期待は出来ない。

半兵衛は見定めた。

後は、年増の死体が養生所から戻ったら面通しをして貰うしかない。

「で、婆さん、おくみは毎日、どんな暮らしをしていたのかな……」

半兵衛は、都々逸の師匠のおくみの暮らし振りを尋ね始めた。

「御免下さい……」

戸口で女の声がした。

「おう。婆さん、お客だ……」

「は、はい。ちょいと御無礼いたします」

婆やは、戸口に向かった。

半兵衛は戸口を覗いた。

お店のお内儀さん風の女が、婆やに何事かを尋ねていた。

婆やは、おくみは留守だと告げた。

お内儀風の女は、落胆した面持ちで帰って行った。

「何処のお内儀だい……」

「はい。神田須田町の小間物屋のお内儀さんでおもとさんですよ」

「何て小間物屋かな」

「紅屋さんです」

「小間物屋紅屋の内儀のおもとか……」

「はい。おっ師匠さんに用があってお見えになったんですが……」

「時々、来るのかな……」

「此処の処、何度かお見えですかね……」

「此処の処、何度かねえ……」

小間物屋『紅屋』のお内儀おもとが、おくみと知り合いなら、奥医師中井清州の事を何か聞いているのかもしれない。

半兵衛は読んだ。


半次と音次郎は、年増の仏を妻恋町の自身番の横手に運んだ。

「御苦労だったね」

半兵衛は労った。

「いいえ。で、旦那、仏さん、妻恋町の住人なんですかい」

半次は眉をひそめた。

「きっとな……」

半兵衛は頷いた。

自身番の横手から婆やの泣き声が洩れ、音次郎がやって来た。

「どうやら、仏、都々逸のおっ師匠さんのおくみだったようだな」

「はい。婆やが見定めました」

音次郎は頷いた。

「仏は妻恋町に住む都々逸の師匠のおくみですか……」

半次は、仏の身許が漸く割れたのに小さな笑みを浮かべた。

「漸く突き止めましたね」

音次郎は、安堵の吐息を洩らした。

半兵衛は、都々逸の師匠おくみの死体を妻恋町の自身番に預け、弔(とむら)いを許した。

八丁堀(はっちょうぼり)組屋敷街は夕陽に染まった。

半兵衛は、鰻(うなぎ)の蒲焼(かばやき)、豆腐、瓜(うり)や胡瓜(きゅうり)の漬物などを買い、半次や音次郎と八丁堀北島町の組屋敷に帰って来た。

　半次と音次郎は膳の仕度をし始め、半兵衛は井戸に冷やしておいた一升徳利を引き上げた。

「して、良哲先生と俊道先生の見立てはどうだった」

　半兵衛は、冷えた酒を飲んだ。

「そいつが旦那、良哲先生と俊道先生の見立てじゃあ、おくみですか、仏は毒を盛られちゃあいないそうですよ」

「毒は盛られていない……」

　半兵衛は、酒を満たした湯呑み茶碗を持つ手を口元で止めた。

「はい……」

「じゃあ、何で死んだのかな……」

　半兵衛は酒を飲んだ。

「そいつが、物凄く驚いたり、身体に合わない食べ物や薬で不意に心の臓が止まる事もあるそうでしてね。そいつかもしれないと……」

　半次は告げた。

「そうか……」

「ええ。もし、そうだとすると殺された訳じゃあないのかもしれませんね」

「うむ。だが、それなら、どうしてお上に届け出ず、死体を大川に棄てたのかだ」

「裏に何かが潜んでいますか……」

「おそらくな……」

半兵衛は睨んだ。

「ま、良哲先生と俊道先生が、他にちょいと気になる事があるので、もう少し調べると仰っていますから、何か分かると思いますがね」

半次は酒を飲んだ。

「他に気になる事……」

半兵衛は眉をひそめた。

「はい……」

半次は頷いた。

「何なんですかね、気になる事って……」

音次郎は、蒲焼を飯に載せて食べて酒を飲み、首を捻った。

「うむ……」

半兵衛は、酒を飲み干した。

「で、旦那、奥医師の中井清州さまを探りますか……」

「うむ。ま、相手は公儀奥医師、下手な真似は出来ないが、先ずはそれとなく周りから探ってみるか……」

半兵衛は、空になった湯呑み茶碗に酒を満たした。

夜風が吹き抜け、燭台の火は瞬き、蚊遣りの煙りは散った。


奥医師とは、将軍とその家族の診療にあたり、本道以外には奥外科、奥口科、奥眼科がいた。

中井清州は一日おきに登城し、中奥の御座之間近くに昼夜詰め、将軍の身体に異常がなくても同僚の奥医師たち五人と脈を診た。

奥医師は二百俵取りだが、大名旗本や豪商などの往診をして多額の謝礼金を受け取っており、懐は豊かだった。

半兵衛は、北町奉行所に出仕し、大久保忠左衛門の用部屋を訪れた。

「ほう。呼びもしないのに来るとは、滅多にない事だな」

忠左衛門は、筋張った首を伸ばして皮肉っぽく笑った。

「ええ、まあ……」

半兵衛は苦笑した。

「奥医師の中井清州の評判か……」

忠左衛門は、半兵衛が己から用部屋に来た理由を読んだ。

「はい。何か面白いものはありましたか……」

半兵衛は尋ねた。

「うむ。中井清州は医者としての腕はそこそこで、女好きの小判好き、絵に描いたような親代々の奥医師だそうだ」

忠左衛門は眉をひそめた。

「ほう。絵に描いたような奥医師ですか……」

「左様。以前、大店の内儀の診察をして多額の礼金を受け取ったそうだが、診察の序でに内儀に手を出し、懇ろになったとか……」

「それはそれは、忙しい事で……」

「うむ。まあ、良い評判は少なく、悪い評判が殆どだ」

「じゃあ、評判は悪いって事ですな」

半兵衛は笑った。

「まあ、そうだな……」

忠左衛門は、筋張った首を引き攣らせて頷いた。

半兵衛は、忠左衛門に引き続き中井清州の評判を集めるように頼んだ。

「それは構わぬが、半兵衛、奥医師中井清州、何をしたのだ……」

「都々逸の年増のおっ師匠さんが死にましてね。どうも、中井清州と拘わりがあったようなんですよ」

半兵衛は、忠左衛門を見据えて告げた。


外濠に気の早い枯れ葉が散った。

半兵衛は、半次や音次郎と一緒に外濠沿いの道を溜池に向かった。そして、外濠に架かっている新シ橋前の愛宕下桜川筋の通りに曲がった。桜川筋の通り先には愛宕権現があり、手前に三斎小路がある。

半兵衛、半次、音次郎は、三斎小路に進んだ。

三斎小路には旗本屋敷が連なり、奥医師中井清州の屋敷があった。

「此の屋敷ですね……」

半次は、旗本屋敷の一軒を示した。

「うむ……」

半兵衛は、中井屋敷を眺めた。

静寂に覆われていた中井屋敷の表門が開き、陸尺の担ぐ乗物が、薬箱を持った医生などを従えて出て来た。

半兵衛、半次、音次郎は、素早く物陰に隠れた。

乗物に乗っているのは中井清州……。

半兵衛は睨んだ。

清州一行は、三斎小路を愛宕下桜川筋の通りに進んだ。

「旦那……」

「清州が往診に行くのだろう」

半兵衛は睨んだ。

「じゃあ、何処に行くのか見届けます」

半次は告げた。

「そうか。じゃあ私は、おくみの知り合いに逢ってみるよ」

「承知しました。じゃあ……」

半次は、音次郎を従えて清州一行を追った。

半兵衛は、神田須田町に向かった。

神田須田町は日本橋の通りを北に進み、神田八ツ小路の手前にある。

半兵衛は、小間物屋『紅屋』を探した。

小間物屋『紅屋』は、須田町一丁目の角にあった。

小間物屋『紅屋』の内儀おもと……。

半兵衛は、おもとが死んだ都々逸の師匠おくみと知り合いなのを頼りにやって来た。

小間物屋『紅屋』は、若い女客で賑わっていた。

半兵衛は、迎えた番頭に都々逸の師匠おくみの事で内儀のおもとに訊きたい事があると告げた。

おもとは、半兵衛を母屋の座敷に通した。

母屋の座敷は、店の賑やかさを忘れさせる程の静けさだった。

半兵衛は、微かな薬湯の臭いを感じた。

病人がいるのか……。

半兵衛は、出された茶を飲んだ。

「お待たせ致しました。紅屋のおもとにございます」

色白で細面の年増は、緊張した面持ちで半兵衛に挨拶をした。

「うむ。急に訪れてすまないね。私は北町奉行所臨時廻り同心の白縫半兵衛だ」

半兵衛は、笑顔で名乗った。

「はい。それで御用とは……」

「うむ。他でもない。妻恋町の都々逸の師匠のおくみを知っているね」

「は、はい……」

おもとは頷いた。

「おくみとはどんな拘わりなのかな」

「若い頃、一緒に働いておりまして……」

おもとは告げた。

おくみは芸者あがりだ。そのおくみと若い頃、一緒に働いていたとなると、おもとも昔は芸者だったのだ。

半兵衛は読んだ。

「ならば訊くが、おくみは中井清州と云う奥医師と拘わりがあった筈なのだが、知っているね」

「いいえ。存じません」

おもとは、固い面持ちで首を横に振った。

「知らぬ……」

半兵衛は思わず聞き返した。

「はい……」

おもとは、半兵衛から眼を逸らして頷いた。

その横顔に疲れが過ぎった。

「そうか、知らぬか……」

「はい。白縫さま、おくみさんがどうかしたのですか……」

おもとは眉をひそめた。

「うむ。おくみは死んだ……」

半兵衛は、おもとを見据えて告げた。

「死んだ……」

おもとは呆然とした。

「うむ……」

半兵衛は頷いた。

「ど、どうして……」

おもとは、疲れた顔を歪めて声を震わせた。

「分からぬ。身体に傷や痣は一切なく、毒を盛られた痕もなくてね。死んだ理由は何も分からないのだ」

「そうですか……」

「心当りはないかな……」

「ありません」

「そうか……」

半兵衛は、おもとを見詰めた。

「おもと、おもと……」

男の苦しげな嗄れ声が、母屋の奥から聞こえた。

おもとは狼狽えた。

「お内儀さま、旦那さまがお呼びにございます……」

女中が、廊下から慌てた声で告げた。

「はい。直ぐに行きます。白縫さま、病人が呼んでおりますので、これで御無礼致します。白縫さまをお送りして下さい」

おもとは女中に言い付け、半兵衛に会釈をして母屋の奥に足早に向かった。

「うむ。造作を掛けたな……」

半兵衛は見送った。

「あの、白縫さま……」

女中が促した。

「うむ……」

半兵衛は立ち上がった。

男の嗄れ声が、苦しげに響いた。

「病人は旦那か……」

半兵衛は、女中に尋ねた。

「は、はい……」

女中は、驚いたように頷いた。

「何の病だ……」

「さあ、存じません」

女中は、口止めされているのか短く答えて足早に店に進んだ。

半兵衛は続いた。

小間物屋『紅屋』主の文五郎(ぶんごろう)の病は、どのようなものなのか……。

半兵衛は、神田須田町の自身番に寄った。

「小間物屋の紅屋ですか……」

自身番の店番は、半兵衛に茶を差し出した。

「うむ……」

「紅屋は、旦那も若旦那も働き者で商売熱心ですから、いつもお客で賑わっていますよ」

「若旦那……」

半兵衛は戸惑った。

小間物屋『紅屋』には若旦那がいた。だが、お内儀のおもとの歳からすると、若旦那がいても十歳ぐらいの筈だ。

「はい。白縫さま。若旦那は文七(ぶんしち)さんと云いましてね。亡くなった先妻の御子で、今のお内儀のおもとさんは後添(のちぞ)いなんですよ」

「おもとは後添い……」

半兵衛は知った。

「ええ。旦那の文五郎さんが料理屋の仲居をしていたおもとさんに通い詰め、五年前に漸く貰った後添いですよ」

「そうか、後添いだったのか。処で旦那の文五郎、大分病が酷いようだが、何の病か知っているか……」

「胃の腑の病だと聞きましたが、詳しくは……」

店番は眉をひそめた。

「知らないか。じゃあ、紅屋の文五郎、掛かり付けの医者は何処の誰かな」

「確か、お玉が池の島崎玄庵先生です」

「お玉が池の島崎玄庵か……」

半兵衛は、お玉が池の町医者島崎玄庵に逢ってみる事にした。

奥医師中井清州の乗った乗物は、薬箱を持った医生たちを従え、金杉通一丁目の美濃国大垣藩江戸下屋敷から出て来た。

大垣藩江戸下屋敷には、前の殿さまが隠居して病の養生をしていた。

中井清州は、隠居の診察をして高貴薬を処方し、多額の謝礼金を貰っているのだ。

半次と音次郎は追った。

「紅屋の文五郎旦那ですか……」

町医者の島崎玄庵は、白髪眉をひそめた。

「うむ。苦しげな声をあげていたが、胃の腑の何処が悪いのかな」

半兵衛は尋ねた。

「それが、胃の腑に質の悪い腫れ物が出来る病でしてな……」

「胃の腑に質の悪い腫れ物……」

「ああ。半年前からね……」

「痛みに七転八倒して苦しむ死病ですか……」

半兵衛は知っていた。

「左様。ご存知のようだな」

「ええ……」

おもとの亭主の小間物屋『紅屋』文五郎は、胃の腑の死病を患っていた。

半兵衛は、おもとの疲れた横顔を思い浮かべた。

三

「中井清州、今日は大名や大店の往診廻りか……」

半兵衛は、組屋敷で半次と音次郎の報告を受けた。

「ええ。荒稼ぎですよ」

音次郎は、目刺しを焼きながら腹立たしげに告げた。

「ま、荒稼ぎかどうかは分かりませんが、三軒程廻って三斎小路の屋敷に帰りましたよ」

半次は、冷奴を作りながら苦笑した。

「そうか……」

半兵衛は、酒の仕度を続けた。

「旦那の方は如何でした」

「そいつが、おくみの知り合いの小間物屋のお内儀に逢いに行ったのだが、おくみが死んだのを知らなくてね」

「そうですか……」

「で、おくみと中井清州との拘わりを知っているか尋ねたのだが、小間物屋のお内儀、知らぬ振りをしたよ」

「知らぬ振りですか……」

半次は眉をひそめた。

「ああ……」

半兵衛は頷き、自分の湯吞茶碗に酒を満たした。

「どうしてですかね」

半次は、切った豆腐と大葉や生姜（しょうが）などの薬味を持って来た。

「分からないのはそこだ」

半兵衛は、半次の湯吞茶碗に酒を注いだ。

「畏（おそ）れ入ります。で、何て小間物屋のお内儀なんですか……」

「神田須田町の紅屋って小間物屋のお内儀のおもとだ」

「紅屋のおもとですか……」

「うむ。それから、おもとは紅屋の主の文五郎の後添いでね」

「へえ、後添いですか……」

「うん。そして、文五郎は胃の腑に質の悪い腫れ物が出来る死病を患っている」

半兵衛は教えた。

「胃の腑の死病ですか……」

「ああ、気の毒に、おもとも看病に疲れきっているよ」

「でしょうね……」

半次は、おもとに同情した。

「そんなに大変な病なんですか……」

音次郎は、焦げ掛けた目刺しを大皿に盛って来た。

「ああ。痛みが凄いらしくてね。大の男でも痛みに泣き喚いて、のたうち廻るそうだ」

半兵衛は、音次郎に湯呑茶碗を渡し、酒を満たした。

「ありがとうございます。そんなに酷いんですか、痛み……」

音次郎は眉をひそめた。

「うむ。中にはさっさと殺してくれと泣いて頼む患者もいると聞く……」

「恐ろしい病ですねえ」

音次郎は、恐ろしそうに身を震わせた。

「うむ……」

半兵衛は頷いた。

「で、どうします」

「そいつなんだが、とにかく死んだおくみと中井清州のはっきりとした拘わりだ」

「ええ……」

　半次は頷いた。

「それでだ。此の前、おくみは中井清州と屋根船に乗って大川に向かった。そして、おくみが死体となって永代橋に流れ着いた」

「大川ですか……」

「うん、何かあるかもしれないな」

「ええ。あの時、おくみと中井清州を乗せた屋根船、探してみますか……」

「出来るか……」

「柳橋の弥平次親分に頼んで、伝八の親方や勇次に動いて貰えば、きっと……」

　伝八は、船宿『笹舟』の船頭の親方であり、勇次は船頭でありながら弥平次の手先として働いていた。

　おくみが中井清州と大川の何処に行ったのか分かれば、おくみの死因が突き止められるかもしれない。

「よし。じゃあ、半次は屋根船を頼む。中井清州は私と音次郎が見張るよ」

半兵衛は、此からの手筈を決め、焦げた目刺しを肴に酒を飲んだ。

柳橋の弥平次は、半次の頼みを快く聞いてくれた。

半次は、伝八の親方と勇次たち船頭に事情を話した。

「昼間、総髪に十徳姿の野郎と粋な形の年増を乗せた屋根船ですね」

勇次は、伝八や他の船頭たちの為、半次に念を押した。

「うん。他の船宿の船頭たちに乗せなかったか、訊いてみちゃあくれないか……」

半次は頼んだ。

「お安い御用だ。みんな聞いての通りだ。神田川沿いの船宿の船頭に訊いてみるんだぜ」

親方の伝八は、塩辛声で船頭たちに告げた。

「合点だ……」

伝八と船頭たちは散った。

「じゃあ、半次の親分、これからちょいと神田川を遡ってみますか……」

勇次は、半次を誘った。

「いいのか……」

「うちの親分がお供をしろと……」

弥平次は、手先の勇次に半次の手伝いを命じていた。

「ありがたい。じゃあ、そうさせて貰うぜ」

半次は、勇次の猪牙舟(ちょきぶね)に乗って神田川を遡り、聞き込みを始めた。


三斎小路の中井屋敷は、出入りする者も滅多にいなかった。

半兵衛と音次郎は見張った。

町駕籠(まちかご)が、愛宕下桜川筋の通りから三斎小路に入って来た。

半兵衛と音次郎は、目立たぬように物陰に入った。

町駕籠は、中井屋敷の門前に停まった。

「旦那……」

音次郎は、緊張を浮かべた。

「うん……」

半兵衛は見守った。

停まった町駕籠から、お内儀風の年増が風呂敷包みを抱えて降り立った。

おもと……。

半兵衛は、町駕籠から降りた年増が小間物屋『紅屋』のお内儀おもとだと気付き、眉をひそめた。

おもとは、中井屋敷の潜り戸を叩いた。

潜り戸の覗き窓が開き、小者が顔を出した。

おもとは、何事かを告げた。

潜り戸が開き、おもとは屋敷内に入った。

小者が警戒するかのように辺りを見廻し、潜り戸を閉めた。

「旦那、知っている女ですか……」

「うん。神田須田町の小間物屋紅屋のお内儀のおもとだ」

「あの女がおもとですか……」

音次郎は、思わずおもとが入った潜り戸を見詰めた。

やはり、おもとは奥医師中井清州を知っていたのだ。それは、おくみと中井清州が、どのような拘わりか知っている証でもある。

半兵衛は読んだ。

おもとは、奥医師中井清州の屋敷に何をしに来たのだ。

何れにしろ、おくみの死は新たな事態を迎えたのだ。

半兵衛と音次郎は、おもとが中井屋敷から出て来るのを待った。

神田川には、柳橋、浅草御門、新シ橋、和泉橋、筋違御門、昌平橋、水道橋、小石川御門、牛込御門と続いている。

勇次は、半次を乗せた猪牙舟を操り神田川を遡った。そして、船宿や船着場に立ち寄り、船頭たちに総髪に十徳姿の男と粋な形の年増を乗せなかったか尋ねた。

「ああ。十徳姿のお医者と粋な形の年増なら乗せたぜ」

和泉橋の船着場で屋根船の淦取りをしていた船頭が、事も無げに答えた。

「えっ。本当かい」

勇次は意気込んだ。

「ああ。何日前だったか忘れたけど、前の日に屋根船を借りたいって、店に医者の弟子がやって来てね。それで当日、俺が昌平橋に屋根船を廻していたら、総髪に十徳姿の医者が待っていたんだぜ」

船頭は、思い出しながら告げた。

「半次の親分……」

「うん。で、その医者、何て名前かな」

「愛宕下の大井さまってお医者だぜ」

「愛宕下の大井……」

半次は、〝大井〟が奥医師中井清州の偽名だと睨んだ。

「ああ。で、粋な形の年増がやって来たって訳だ」

「それで、二人は何処に行ったんだい」

「向島の水神迄、乗せて行ったぜ」

船頭は告げた。

向島の水神……。

あの日、おくみと中井清州は屋根船で向島の水神に行ったのだ。

半次は知った。

「で、水神でどうしたんだい」

「屋根船を降りて、水神脇の道を行ったけど、何処に行ったのかは分からねえな」

「水神脇の道……」

その先に何があるのだ……。

半次は、想いを巡らせた。

「半次の親分……」

勇次は苦笑した。

「う、うん。いや、助かったぜ」

半次は、船頭に礼を述べた。

「じゃあ、半次の親分、向島の水神に行ってみますか……」

勇次は笑った。

「ああ。頼むぜ」

半次は頷いた。

勇次は、半次を乗せた猪牙舟の舳先を巧みに大川に向けた。

僅かにあがった水飛沫が煌めいた。


半刻（一時間）が過ぎた。

中井屋敷の潜り戸が開いた。

半兵衛と音次郎は見守った。

おもとが潜り戸から現れ、小者に見送られて愛宕下桜川筋の通りに向かった。

「旦那……」

音次郎は、半兵衛に指示を仰いだ。

「私が追う。音次郎は此のまま日暮れ迄、見張ってくれ」

半兵衛は命じた。

「合点です」

音次郎は頷いた。

半兵衛は、おもとを追った。


愛宕下桜川筋の通りを北に進むと外濠だ。

おもとは、足早に外濠に進んだ。

面が割れている半兵衛は、巻羽織を脱いで充分な距離を取って尾行(つけ)た。

おもとは足早に進んだ。

どうした……。

半兵衛は、おもとの足取りに微かな戸惑いを覚えた。

弾んでいる……。

半兵衛は、おもとの足取りが心做(こころな)しか弾んでいるように思えた。

中井屋敷で何か良い事があったのか……。

半兵衛は、おもとの後ろ姿を見据えて追った。

外濠に出たおもとは、幸橋御門前の久保丁原に進んだ。
半兵衛は尾行た。
幸橋御門前久保丁原には立場があり、町駕籠の駕籠舁きが休んでいた。
おもとは、駕籠舁きと言葉を交わして町駕籠に乗った。
駕籠舁きたちは、おもとの乗った町駕籠を担いで威勢良く歩き出した。
半兵衛は、距離を詰めた。
おもとの乗った町駕籠は、土橋を渡って北に向かった。
北に進めば京橋や日本橋があり、神田須田町になる。
おもとは、神田須田町の小間物屋『紅屋』に帰るのか……。
半兵衛は追った。

隅田川には様々な船が行き交っていた。
勇次は、半次を乗せた猪牙舟を水神の傍の岸辺に寄せた。
岸辺には船を舫う杭が打たれ、乗り降りが出来るようになっていた。
半次は、岸辺に降りて猪牙舟の舫い綱を杭に繋いだ。

勇次は、猪牙舟を降りた。

「さあて、此処から何処に行ったのか……」

半次は、水神の脇の小道を進んだ。

勇次は続いた。


水神脇の小道を進めば、桜並木で名高い向島の土手道に出る。

半次と勇次は小道を進んだ。

小道の途中に脇道があり、生垣に囲まれた寮と土蔵があった。

「此処かな……」

半次は、生垣で囲まれた寮と土蔵を眺めた。

「ええ。誰の寮ですかね」

「うん……」

半次と勇次は、寮と土蔵の周囲を調べた。

寮と土蔵を囲む生垣は、背は高くて葉が密生しており、何処からも中を覗き見る事は出来なかった。

「何だか、随分と守りを固めているように見えますね」

勇次は眉をひそめた。

「ああ。覗かれないようにきっちり手入れをしているぜ」

「何処の誰の寮か訊いて来ますよ」

勇次は、近くの木母寺に走った。

半次は、小道から向島の土手道に進んだ。

向島の土手道迄は、それなりの距離があった。

寮は向島の土手道より隅田川に近く、滅多に人の通らない離れた処にあるのだ。

半次は見定め、寮に戻った。

勇次が戻っていた。

「分かったかい……」

「ええ。木母寺の寺男に訊いたんですが、この寮、京橋の薬種問屋長命堂の持ち物だそうですよ」

「薬種問屋の長命堂……」

「ええ……」

勇次は頷いた。

「奥医師と薬種問屋か……」

両者に親しい拘わりがあっても、何の不思議もない。

半次は、小さな笑みを浮かべた。

「どうやら中井清州、おくみと此処に来たのに間違いありませんね」

勇次は読んだ。

「ああ。何にしに来たのかな」

半次は眉をひそめた。

「親分、そりゃあ男と女ですぜ」

勇次は、中井清州とおくみが情を交わしに来たと睨んだ。

「勇次、だったら出合茶屋（であいぢゃや）か料理屋に行けばいい。それなのにわざわざ向島の薬種問屋の寮に来たのには、それなりの理由があるんじゃあないのかな」

「それなりの理由ですか……」

「ああ。そいつが何かだ……」

半次は、背の高い生垣に囲まれた薬種問屋『長命堂』の寮と土蔵を眺めた。

隅田川からの風が吹き抜け、寮を取り囲む木々の枝や雑草が揺れた。

神田須田町の小間物屋『紅屋』は、相変わらずの賑わいを見せていた。

おもとは、町駕籠で真っ直ぐ小間物屋『紅屋』に帰った。

半兵衛は、眉をひそめて見届けた。

町駕籠を降り、小間物屋『紅屋』に入って行くおもとの足取りは、軽く弾んでいたのだ。

半兵衛は、戸惑いを覚えていた。

軽く弾んだ足取りは、重い病の夫がいる家に戻る妻のものとは思えなかった。

どうしたのだ……。

やはり、中井屋敷で何かがあったのだ。

半兵衛は、おもとの軽く弾んだ足取りが気になってならなかった。


隅田川は西日に煌めいた。

向島の薬種問屋『長命堂』の寮には、留守番の老夫婦と若い下男の三人が暮らしていた。

「留守番の父っつあん夫婦は分かりますが、若い野郎は何なんですかね」

勇次は眉をひそめた。

「胡散臭いか……」

「ええ……」

「よし。勇次、俺は此のまま寮を見張る。お前は寮の事を半兵衛の旦那に報せてくれ」

半次は命じた。

「そいつはお安い御用ですが、見張りはあっしがやりますよ」

「いや。それには及ばねえ。とにかく半兵衛の旦那に頼むよ」

「承知……」

勇次は頷いた。


日暮れが近付き、北町奉行所に出入りする者は少なくなった。

半兵衛は、同心詰所に入った。

同心詰所では、見廻りから帰って来た同心たちが日報を書いたり、雑談をしていた。

「あっ、半兵衛さん、養生所の大木俊道先生がお見えですよ」

当番同心が告げた。

「俊道先生が。今、どちらにおいでだ」

「はい。隣りの座敷でお待ち願っております」

「そうか……」

半兵衛は、隣りの座敷に向かった。


「お待たせしました」

半兵衛は、隣りの座敷で茶を飲んでいた養生所外科医の大木俊道に挨拶をした。

「やあ。半兵衛さん……」

俊道は挨拶を交わした。

「此度はいろいろ御造作をお掛けした上、わざわざお越し戴き、畏れ入ります」

「いえ。過日、検めた年増の仏の死因、漸く思い当たる事が浮かびましてね」

俊道は微笑んだ。

「ほう。それは……」

半兵衛は、緊張を過ぎらせた。

「私が長崎で蘭方を学んでいた時、阿片を急に吸い過ぎて心の臓をやられ、死んだ男がおりましてね……」

「阿片……」

半兵衛は驚いた。

「ええ。で、年増の仏の様子、どうもその時の男と同じなのです」

俊道は眉をひそめた。

「おくみは阿片で死んだ男と同じ……」

半兵衛は、思わず呟いた。

四

都々逸の師匠おくみは、阿片を急に吸い過ぎて心の臓に大きな衝撃を受けて急死した。

それが、養生所外科医の大木俊道の見立てだった。

「阿片ですか……」

半兵衛は、俊道の意外な見立てに驚かずにはいられなかった。

「ええ。良哲先生も同じ見立てですよ」

「そうですか、阿片ですか……」

俊道と本道医の小川良哲の見立てに間違いはあるまい。

半兵衛は頷いた。

阿片は鎮痛催眠の薬として、医者の間では秘かに処方される事もあった。

だが、何よりも快楽を与える麻薬として中毒者を増やし、国を滅ぼすとも称された、公儀は御禁制の品としていた。

「ですが、何分にも阿片は御禁制の品、容易に手に入れられる筈もなく、年増の仏は何処でどうして……」

俊道は眉をひそめた。

「俊道先生、年増の仏、都々逸の師匠でおくみって名前ですが、どうも付き合っていた男に奥医師がいるようなんです」

半兵衛は告げた。

「奥医師……」

俊道は驚いた。

「ええ……」

「誰ですか、その奥医師……」

「中井清州です」

俊道は、微かな怒りを過ぎらせた。

「中井清州……」

「はい。ご存知ですか……」

「噂だけは……」

「そうですか。で、俊道先生、奥医師なら阿片を手に入れる事は出来ますか……」

「ま、御公儀は鎮痛薬として幾らかの阿片を保管している筈ですから……」

「手に入れられますか……」

「病を治すのにどうしても必要ならばですが、きっと手続きは面倒ですよ」

「じゃあ……」

「後は薬種問屋ですか……」

「薬種問屋……」

「ええ。出入りを許している薬種問屋から都合するのが一番容易です。ですが、何分にも御禁制の品、薬種問屋も尋常な手立てで手に入れている筈はありませんがね」

俊道は読んだ。

「成る程。中井清州が出入りを許している薬種問屋ですか、分かりました、調べてみます」

半兵衛は頷いた。

「そうですか。ま、御役に立てば良いんですが、じゃあ、私はこれで……」

「助かりました。わざわざありがとうございました……」

半兵衛は、俊道に礼を云って見送りに立った。


養生所外科医大木俊道は、夕暮れの町を帰って行った。

半兵衛は見送り、同心詰所に戻ろうとした。

「半兵衛の旦那……」

勇次が、駆け寄って来た。

「おう。勇次じゃあないか、どうした」

「はい。半次の親分の言付けです」

「半次の……」

半兵衛は眉をひそめた。


隅田川は夕陽に染まった。

半次は、木陰から薬種問屋『長命堂』の寮を見張り続けていた。

若い下男が、寮の木戸門から出て来た。

半次は木陰に隠れた。

若い下男は、鋭い眼差しで辺りを見廻した。

そして、辺りに不審はないと見定め、木戸門を閉めて寮に戻って行った。

薬種問屋の寮にしては、異様な程に警戒をしている。

やはり、只の寮じゃあねえ……。

半次は見定めた。

異様な程に警戒するのは何故だ……。

半次は、それを突き止めようとした。

夕陽は隅田川の向こうに沈み、向島は日が暮れていった。


「向島にある薬種問屋長命堂の寮か……」

半兵衛は、緊張を浮かべた。

「はい。半次の親分の睨みじゃあ、おくみは中井清州とその寮に行ったと……」

勇次は告げた。

「うむ。間違いあるまい」

半兵衛は頷いた。

薬種問屋『長命堂』の主は、おそらく御禁制の阿片を抜け荷でもして手に入れ、奥医師の中井清州たちと快楽を貪っているのだ。

あの日、中井清州はおくみを伴って向島の『長命堂』の寮に行き、阿片を吸った。そして、おくみは阿片を吸い過ぎた衝撃で死んだのだ。始末に困った清州と薬種問屋『長命堂』の主たちは、おくみの死体を隅田川に秘かに棄てた。

半兵衛は読んだ。

奥医師は若年寄支配の幕臣であり、町奉行所が手出しをするのはいろいろ面倒だ。

先ずは薬種問屋『長命堂』から攻める……。

半兵衛は決めた。

「勇次、長命堂の寮には、留守番の老夫婦と若い下男の三人が暮らしているんだな」

「はい……」

「よし。すまないが向島迄、猪牙舟を出してくれないか……」

「お安い御用で……」

勇次は、楽しげに頷いた。

隅田川の流れに月影は揺れていた。

向島の薬種問屋『長命堂』の寮は雨戸を閉め、僅かな明かりが洩れているだけだった。

半次は見張った。

二人の男が、水神からの小道をやって来た。

誰だ……。

半次は、木陰に隠れて透かし見た。

二人の男は、勇次と半兵衛だった。

「旦那、勇次……」

半次は木陰から出た。

「やあ、御苦労だね」

半兵衛は、半次を労った。

「いえ。で、どうしました」

半次は、半兵衛が来たのに戸惑った。

「うん……」

半兵衛は、おくみの死が阿片に拘わりがあり、その証拠を押えに来た事を教えた。

「じゃあ、おくみは中井清州と此処で阿片を吸っていたんですかい……」

「うん。きっとな……」

半兵衛は、寮を眺めた。

寮と土蔵の屋根が月明かりを浴びていた。

「土蔵があるのか……」

「はい……」

「阿片の煙りは臭いが強いと聞く。吸っていた場所はおそらく土蔵だな」

半兵衛は睨んだ。

「成る程。じゃあ、先ずは留守番の父っつあん夫婦と若い下男を……」

「うむ……」

半兵衛は、寮の木戸門に向かった。

半次と勇次が続いた。

留守番の老夫婦は台所脇の部屋におり、若い下男は玄関脇の小部屋で寝てい

半兵衛、半次、勇次は、勝手口を破って踏み込み、老夫婦と若い下男を押えた。

若い下男は抗った。

半次が若い下男を十手で打ちのめし、勇次が素早く縄を打った。

半兵衛は、寮の中を検めた。

寮の幾つかの座敷に不審な処はなく、異様な臭いもしなかった。

やはり土蔵だ……。

半兵衛は見定めた。


土蔵は、母屋の寮から離れ座敷のように続いていた。

半次と勇次は、土蔵の重い扉と内側の戸を開けた。

異様な臭いが、暗い土蔵の中から溢れ出た。

「酷い臭いですね」

半次は眉をひそめた。

「ああ。おそらく阿片の臭いだ」

半兵衛は、手燭の火で暗い土蔵を照らしながら踏み込んだ。

半次と勇次は、行燈に火を灯して続いた。

内側の戸の向こうには廊下があり、短い階段があった。

半兵衛は、階段をあがった。

階段をあがると厠があり、板戸があった。

半兵衛は板戸を開けた。

板戸の中は座敷になっており、阿片の臭いが籠もっていた。

半兵衛、半次、勇次は、座敷に明かりを集めた。

阿片の臭いの籠もった座敷には、豪華な火鉢や蒲団があった。そして、阿片を吸う様々な道具があった。

阿片部屋……。

半兵衛は見定めた。

留守番の老夫婦は、中井清州がおくみを連れて来て、『長命堂』の主の彦右衛門や芸者たちと阿片を楽しんだ事を吐いた。

おくみは、阿片を吸っていて不意に苦しみ、息絶えた。

清州と『長命堂』彦右衛門は、おくみの死体を隅田川に棄てるように若い下男に命じた。

何もかも睨み通りだ……。

半兵衛は、留守番の老夫婦と若い下男を大番屋に引き立て、阿片を吸う様々な道具を押収した。

半兵衛は、夜の内に吟味方与力の大久保忠左衛門におくみの死の真相を教え、薬種問屋『長命堂』の主の彦右衛門が御禁制の阿片を抜け荷している事を告げた。

「おのれ、長命堂彦右衛門。御禁制の阿片を抜け荷するとは許せぬ所業。半兵衛、容赦は要らぬ。彦右衛門を早々にお縄に致せ」

忠左衛門は、筋張った細い首を怒りに震わせて命じた。

「奥医師中井清州は如何致しますか……」

半兵衛は、忠左衛門の出方を窺った。

「御目付殿から急ぎ御支配の若年寄さまに報せて貰い、身柄を押えて戴く」

忠左衛門に迷いも躊躇いもない。

「心得ました」

半兵衛は微笑んだ。

夜が明け、日本橋の通りは仕事に行く人々が行き交った。

半兵衛は、京橋の薬種問屋『長命堂』の前に佇んだ。

薬種問屋『長命堂』は、未だ大戸を閉めたままで店を開けてはいなかった。

見張っていた半次が現れた。

「長命堂彦右衛門、向島の寮の事に気付いた様子は窺えません」

「そうか、裏は……」

「音次郎が。勇次が一緒にいてくれています」

「よし……」

「じゃあ……」

半次は、緊張を滲ませた。

「ああ。お縄にするよ」

半兵衛は微笑んだ。

半次は頷き、薬種問屋『長命堂』に駆け寄り、潜り戸を叩いた。

「どちらさまにございますか……」

店から奉公人の声がした。

「はい。奥医師中井清州さまの使いの者にございます」

半次は、清州の使いの者を装った。

「は、はい。少々、お待ち下さい」

奉公人は、潜り戸を開けた。

半次は、素早く店に踏み込んだ。

半兵衛は続いた。


薬種問屋『長命堂』の手代は驚いた。

半次は、手代に十手を突き付けた。

店を開ける仕度をしていた奉公人たちは、同心と岡っ引が踏み込んで来たのに驚いた。

「お、お役人さま、何か……」

番頭は戸惑った。

「主の彦右衛門、何処にいるんだ」

半兵衛は、厳しい面持ちで番頭に尋ねた。

「だ、旦那さまは母屋の寝間に……」

番頭は怯えた。

「よし。案内して貰おう」

半兵衛は命じた。

「は、はい……」

番頭は、半兵衛と半次を母屋にある彦右衛門の寝間に誘った。


彦右衛門は、蒲団に寝そべったまま寝起きの煙草を楽しんでいた。

障子が不意に開けられた。

彦右衛門は振り向いた。

半兵衛と半次が寝間に入って来た。

「な、何だ……」

彦右衛門は、激しく狼狽えた。

「長命堂彦右衛門、奥医師の中井清州たちと向島の寮で御禁制の阿片を楽しんでいるのは露見した。神妙にお縄を受けるんだ」

半兵衛は告げた。

「そんな……」

彦右衛門は、思わず立ち上がった。

「神妙にしろ」

半次は、彦右衛門の肩を十手で打ち据えた。

彦右衛門は、顔を醜く歪めて崩れ落ちた。

「彦右衛門、阿片を吸い過ぎて死んだ都々逸の師匠のおくみの死体を隅田川に棄てたな」

半兵衛は、彦右衛門を見据えた。

「ち、違う。おくみの死体を隅田川に棄てると云い出したのは、清州さまだ。私ではなく奥医師の中井清州さまだ……」

彦右衛門は、醜い程に狼狽えた。

「彦右衛門、その辺も北町奉行所でゆっくり聞かせて貰うよ」

半兵衛は苦笑した。

薬種問屋『長命堂』彦右衛門は、御禁制の阿片を抜け荷し、奥医師中井清州たち好事家(こうずか)と楽しんでいた事を白状した。

奥医師中井清州は、若年寄に蟄居(ちっきょ)を命じられ、目付に捕縛(ほばく)された。

都々逸の師匠おくみ変死の一件は終わった。

半兵衛は、今朝も廻り髪結の房吉の日髪日剃を受けていた。

「旦那、神田須田町の紅屋って小間物屋の旦那が亡くなったのをご存知ですかい……」

房吉は、半兵衛の髷を結いながら告げた。

「紅屋の旦那が死んだ……」

半兵衛は、思わず聞き返した。

小間物屋『紅屋』の主は文五郎と云い、おもとの夫だった。

「ええ。胃の腑の重い病に罹り、いつ亡くなってもおかしくなかったそうなんですがね……」

房吉は、戸惑いを浮かべた。

「何か気になるのか……」

半兵衛は、房吉の戸惑いに気付いた。

「はい。紅屋の旦那、胃の腑の痛みで悲鳴をあげる程、苦しんでいたそうなんですが、死に顔は妙に穏やかで笑っているようだったとか……」

「穏やかで笑っていた……」

半兵衛は眉をひそめた。そして、養生所の外科医大木俊道が、阿片は鎮痛催眠の薬だと云っていたのを思い出した。

「そうか……」

半兵衛は、おもとが奥医師中井清州の屋敷を訪れた理由に気付いた。

おもとの帰る時の足取りは弾んでいた……。

おもとは、胃の腑の死病に苦しむ夫を穏やかに死なせてやりたくて、予てから知り合いだったおくみを通じて中井清州から阿片を手に入れようとした。だが、おくみが死に、おもとは直に中井清州を訪れた。

中井清州が、どのような条件でおもとに阿片を譲ったのかは分からない。だが、おもとは阿片を手に入れ、病に苦しむ文五郎に吸わせた。

文五郎は、おもとの願い通りに胃の腑の痛みを忘れ、束の間の安らぎと穏やかさを得て笑みを浮かべて息を引き取ったのだ。

半兵衛は睨んだ。

小間物屋『紅屋』文五郎の弔いは既に終わっていた。

半兵衛は、半次や音次郎に文五郎の死に関する睨みを告げた。

「じゃあ、文五郎の旦那も阿片を……」

半次は眉をひそめた。

「うん。おもとが吸わせたんだろうな」

半兵衛は頷いた。

「旦那、詳しい話を訊かなくていいんですか」

「半次、音次郎、世の中には、私たちが知らん顔をした方が良い事もあるさ」

半兵衛は微笑んだ。

弔いの終わった小間物屋『紅屋』から、おもとが風呂敷包みを抱えて若旦那の文七や番頭たち奉公人に見送られて出て来た。

「何処かに行くんですかね」

半次は、おもとを眺めた。

「うむ。若旦那や番頭たち奉公人が揃って見送る処を見ると、その辺じゃあないな」

「ええ。かと云って旅仕度でもありませんよ」

半次は戸惑った。

おもとは、若旦那の文七と番頭たち奉公人に深々と頭を下げて出掛けた。

若旦那の文七と番頭は、店に戻って行った。

「ちょいと訊いて来ます」

音次郎が奉公人の一人に駆け寄り、何事かを訊いて戻って来た。

「旦那、親分、お内儀のおもとさん、尼さまになるそうですよ」

音次郎は、驚いたように声を弾ませた。

「尼さまに……」

半兵衛は、人通りを去って行くおもとの後ろ姿を眺めた。

おもとの足取りはしっかりしており、自分の意志で尼寺に行くと告げていた。

「旦那……」

「うむ。おもとは出家して文五郎の菩提(ぼだい)を弔うのだろう」

半兵衛は読んだ。

「何処の尼寺に行くか見届けますか……」

半次は、半兵衛の出方を窺った。

「いいや。それには及ばないよ」

半兵衛は笑った。

微風は涼やかに吹き抜け、秋が近付いた。

第三話　緋牡丹（ひぼたん）

一

秋の風が吹き抜ける季節――。

北町奉行所臨時廻（りんじまわ）り同心白縫半兵衛（しらぬいはんべえ）は、市中見廻りを早めに終えて岡（おか）っ引（ぴき）の半次（はんじ）や音次郎（おとじろう）と北町奉行所を出た。

「涼しくなりましたね」

半次は、日本橋（にほんばし）の通りを軽い足取りで行き交う人々を眺（なが）めた。

「ああ。酒や食い物が美味（うま）い季節だ」

半兵衛は笑った。

「ええ……」

「よし。半次、音次郎、今夜は久し振りに鳥鍋でも食べるか……」

半兵衛は誘った。

「鳥鍋ですか、良いですね」

「旦那、鳥肉、買って来ますぜ」

音次郎は、嬉しげに手をあげた。

「じゃあ、御苦労だが、これで鳥肉と酒、それに大根に里芋、椎茸なんかをな……」

半兵衛は、音次郎に一朱銀を渡した。

「合点です」

音次郎は、一朱銀を握り締めた。

「音次郎、一人で大丈夫か……」

「どうって事ありませんよ、親分。じゃあ……」

音次郎は、一朱銀を握り締めて半兵衛や半次と別れ、買い物に向かった。

半兵衛と半次は、楓川に架かっている海賊橋を渡り、八丁堀北島町の組屋敷に進んだ。

八丁堀の組屋敷街には、風が吹き抜けて枯葉が舞っていた。

半兵衛の組屋敷は、北島町の掘割に架かっている地蔵橋の近くにあった。

半兵衛と半次は、地蔵橋に差し掛かった。

地蔵橋には十二、三歳の奉公人のような身形の娘が佇み、掘割を眺めていた。

娘は腰に風呂敷包みを結び、不安げな面持ちだった。

「半次……」

「ええ……」

半兵衛と半次は、娘が気になった。

「ちょいと声を掛けてみましょうか……」

「うむ……」

半兵衛は頷いた。

半次は、地蔵橋に佇んでいる娘に近付いた。

「どうかしたのかい、娘さん……」

半次は、笑顔で娘に声を掛けた。

「えっ。いえ、別に……」

娘は驚き、怯えを浮かべて逃げるように地蔵橋から駆け去った。

「お、おい……」

　半次は、戸惑いを浮かべた。

　娘は逃げ去った。

「胡散臭(うさんくさ)い奴だと思われたな」

　半兵衛は苦笑した。

「冗談じゃありませんよ」

　半次は、腹立たしげな面持ちで半兵衛の許に戻った。

　半兵衛は、己の組屋敷に戻った。

　半次は続いた。


　半兵衛と半次は、板の間の囲炉裏(いろり)に火を熾(おこ)し、鍋や椀(わん)などを洗って鳥鍋の仕度をしながら音次郎の帰りを待った。

　半刻（一時間）程が過ぎた。

「おう。此の御屋敷だぜ。遠慮は要らないよ」

　音次郎の賑(にぎ)やかな声が聞こえた。

「帰って来ましたぜ」

「ああ。一人じゃあないようだね」

半兵衛は、怪訝(けげん)な面持ちで開け放ってある勝手口を窺(うかが)った。

音次郎は、野菜の風呂敷包みと一升徳利(いっしょうどっくり)を両手に提(さ)げて勝手口から入って来た。

「只今(ただいま)、戻りました」

「おう。御苦労。大変だったな」

半次は、音次郎から一升徳利を受け取った。

「で、野菜と鳥肉です」

音次郎は、風呂敷包みを解き、大根や里芋などの野菜と鳥肉を取り出した。

「あっ。何しているんだい。白縫半兵衛の旦那はこっちにおいでだぜ」

音次郎は、勝手口から外に告げた。

「誰か連れて来たのか……」

半次は訊いた。

「はい。白縫半兵衛さまの御屋敷は何処(どこ)か訊かれましてね。連れて来たんですよ」

「ほう。私を訪ねて来た人か……」

半兵衛は勝手口を見た。

「はい。さあ、早く入んな」

音次郎は、外に出て十二、三歳の娘を連れて来た。

「あっ……」

半次は驚いた。
十二、三歳の娘は眼を瞠(みは)った。
「あ、あの、さっきはすみません。不意に声を掛けられ、吃驚(びっくり)して……」
十二、三歳の娘は、申し訳なさそうに半次に頭を下げた。
「あれ、知り合いですか、親分……」

音次郎は戸惑った。

「う、うん。まあな……」

半次は、言葉を濁して苦笑した。

「白縫半兵衛は私だが、お前は……」

「ふみと申します」
十二、三歳の娘は、緊張に声を震わせた。
「ふみ、おふみちゃんか……」

半兵衛は、おふみの緊張を和(やわ)らげようと微笑(ほほえ)んだ。

「はい……」

おふみは、喉(のど)を鳴らして頷いた。

「で、私に何か用があるのかい……」

「はい。もし、困った事が出来たら、八丁堀は北島町の組屋敷で暮らしている白縫半兵衛さまと仰(おつしや)る同心の旦那を訪ねて来なと云われていて。それで私……」

おふみは、半兵衛に縋(すが)る眼差しを向けた。

「捜して来たのかい……」

「はい……」

おふみは頷いた。

「おふみちゃん、誰がそう云ったのかな」

半兵衛は尋ねた。

「鶴次郎(つるじろう)さんです」

おふみは、半兵衛を見詰めた。

「鶴次郎……」

半兵衛は、思わずおふみを見返した。

「鶴次郎が……」

半次は驚いた。

「はい……」

おふみは頷いた。

「旦那……」

半次は、困惑を浮かべた。

「おふみちゃん、その鶴次郎ってのは、どんな男だったかな」

「はい。元は芝居の役者だったけど、今は北町奉行所の同心の白縫半兵衛さまの手先を務めていると、その時……」

おふみは、鶴次郎の経歴を知っていた。

半兵衛と半次は、顔を見合わせた。

「それから……」

おふみは、腰に結んでいた風呂敷包みを外し、中から古い半纏(はんてん)を出して広げた。

古い半纏の背中には、緋牡丹の絵柄が刺繡(ししゅう)されていた。

「此(これ)は……」

半次は、思わず緋牡丹の絵柄の半纏を手に取って見詰めた。

「半次……」

「鶴次郎が持っていた半纏の一着です」

鶴次郎は、緋牡丹の絵柄の半纏を好み、何着も持っていた。

半次は、おふみが持って来た半纏を鶴次郎のものだと認めた。

「間違いないか……」

「はい。おふみちゃん、この半纏、どうしたんだい」

「昔、鶴次郎さんが世話になったせめてもの御礼だと云って、おっ母さんに置いて行ったんです」

「鶴次郎がおっ母さんに……」

半次は眉をひそめた。

「はい……」

「おふみ、おっ母さんとおふみは何処で暮らしているのかな」

「はい。戸塚の傍の日笠村です」

「相模の戸塚か……」

「はい……」

「そう云えば旦那。鶴次郎は六年前、江の島参りに行った帰り、熱を出して往生したと云っていました」

半次は思い出した。

「じゃあその時、おふみのおっ母さんの世話になったのかな」

半兵衛は読んだ。

「きっと……」

半次は頷いた。

「あの、白縫さま、鶴次郎さんは……」

おふみは、不安を過ぎらせた。

「おふみちゃん、鶴次郎は五年前に亡くなったんだよ」

半兵衛は告げた。

「亡くなった……」

おふみは驚き、言葉を失った。


囲炉裏の火に掛けられた鍋は、音を鳴らして湯気を立ち昇らせた。

「さあ、鳥鍋が出来ましたぜ」

音次郎は、嬉しげに告げた。

「うん。おふみ、腹が空いただろう。食べなさい」

半兵衛は勧めた。

「は、はい……」

おふみは、鶴次郎が五年前に死んだと聞いて呆然(ぼうぜん)としていた。

「おふみ、詳しい話は鳥鍋を食べてからだ」

半兵衛は、おふみの椀に鳥肉や野菜を装(よそ)ってやった。

「さあ……」

半兵衛は促(うなが)した。

「はい。ありがとうございます」

おふみは、礼を云って箸(はし)を取った。

「よし、私たちも食べよう」

半兵衛は、半次と音次郎を促した。

「はい……」

半次と音次郎は頷き、半兵衛と共に鳥鍋を食べて酒を飲んだ。

「おふみちゃん、旦那の鳥鍋は美味いだろう。遠慮なくお代わりしな」

音次郎は笑った。

「はい。美味しいです」

おふみは微笑んだ。

囲炉裏の火は揺れた。

「五年前、鶴次郎は百姓の娘を旗本の愚かな倅から助けようとして、斬られて死んだんだよ」

半兵衛は、おふみに教えた。

「斬られて……」

おふみは、呆然と呟いた。

「うむ。助けた百姓の娘、丁度おふみと同じ年頃だったかな」

「そうでしたか……」

おふみは、両手を合わせて瞑目した。

「で、半兵衛の旦那が果し合いを申し入れて、仇を討ってくれたんだよ」

半次は、五年前に半兵衛が十手を返上した時の事を告げた。

「それでおふみ、困った事が出来たので、戸塚からやって来たのか」

半兵衛は尋ねた。

「はい。でも私、今は浅草今戸の料理屋で下働きの奉公をしているんです」

「浅草今戸の料理屋。戸塚から来たんじゃあないのかい……」

半次は戸惑った。

「はい……」

おふみは、十三歳になった今年、戸塚から浅草今戸の料理屋に奉公に出て来ていた。

「じゃあ、その奉公先の今戸の料理屋で困った事が起きたんだね」

半兵衛は読んだ。

「はい……」

おふみは、微(かす)かな怯(おび)えを浮かべて頷いた。

「どんな事だい……」

「私、人殺しの相談を聞いてしまったんです」

おふみは、恐ろしそうに声を震わせた。

「人殺しの相談……」

半兵衛は眉をひそめた。

「はい……」

おふみは頷いた。

「おふみちゃん、そいつを奉公先の料理屋の旦那か女将(おかみ)さんに報せたのかい……」

半次は訊いた。

「その女将さんが、人殺しの相談をしていたんです」

おふみは声を震わせた。

「女将さんが……」

半次は眉をひそめた。

「はい……」

「で、女将はおふみが人殺しの相談を聞いたのに気が付いたんだね」

半兵衛は読んだ。

「はい。それで私、恐ろしくなって……」

おふみは震えた。

「鶴次郎の言葉を思い出して、私を捜して来たのか……」

「はい。私が江戸に奉公に出て来る時、おっ母さんが鶴次郎さんの云った事を詳しく教えてくれて、あの半纏を持たせてくれたんです。此を持って行けば、おっ母さんと私を必ず思い出してくれるって……」

おふみは、衣桁(いこう)に掛けてある緋牡丹の絵柄の古い半纏を見た。

「そうか。して、おふみ、奉公先の浅草今戸の料理屋は何て屋号だ」

「江戸春(えどはる)って屋号のお店です」

「浅草今戸の江戸春か……」

「そうです」

「それで、江戸春の女将は、誰を殺そうと云うのだ」

「江戸春の旦那さまを……」

　半次は驚いた。

「江戸春の女将は、旦那を殺そうとしているのか……」

　半兵衛は、厳しい面持ちで念を押した。

「はい……」

　おふみは、強張（こわば）った面持ちで頷いた。

「ならば、女将は誰と旦那を殺す相談をしていたのだ」

　半兵衛は訊いた。

「背の高いお侍さまと……」

　おふみは、思い出すように答えた。

「背の高い侍、羽織を着ていたか……」

　半兵衛は、重ねて訊いた。

「いいえ。着流しでした」

「着流しとなると、旗本御家人かそれとも浪人か分かりませんね」

半次は読んだ。

「うん……」

浅草今戸の料理屋『江戸春』の女将と背の高い着流しの武士は、旦那を殺す相談をしていた。

「どうします」

「よし。明日、ちょいと江戸春を覗きに行ってみるか……」

「はい……」

油が無くなってきたのか、行燈の明かりが瞬いた。

「処でおふみ、泊まる処はあるのかい……」

「いいえ……」

おふみは、不安げに項垂れた。

「よし。空いている部屋がある。良ければ此処に泊まるが良い」

半兵衛は、おふみに笑い掛けた。

「そいつは安心だ。おふみちゃん、此処に泊めて貰うと良い」

半次は勧めた。

「は、はい。ありがとうございます」

おふみは礼を述べた。

「おふみ、いろいろあって今日は疲れただろう。仔細は又明日だ。今夜はもう引き取って休むが良い」

半兵衛は微笑み、勧めた。

「はい。では、お言葉に甘えさせて戴きます」

「音次郎、おふみを奥の六畳間に案内してやるが良い」

「はい。じゃあ、おふみちゃん、こっちだ」

音次郎は、おふみを促した。

「では……」

おふみは、半兵衛と半次に頭を下げ、音次郎に誘われて板の間から出て行った。

半兵衛は、囲炉裏に小枝を焼べた。

小枝が爆ぜ、火花が飛び散った。

「半次、鶴次郎からおふみとおっ母さんの事、何も聞いていないのか……」

「そいつが、今思えば、聞いたような……」

「どんな風に云っていたんだ」

「江の島参りの帰り、急に高い熱が出て、子持ちの後家さんの世話になったが、その後家さん、良い女だったと……」

「良い女……」

「はい。今になって思えば、鶴次郎はその後家さん、おふみのおっ母さんに惚れていたのかもしれません……」

半次は読んだ。

「それで、緋牡丹の半纏を置いて来たのかな」

「きっと……」

「そうか。鶴次郎がな……」

半兵衛は、衣桁に掛けられた緋牡丹の絵柄の半纏を眺めた。

鶴次郎……。

半兵衛は、緋牡丹の絵柄の半纏を着た鶴次郎を思い出した。

鶴次郎は笑っていた。

二

隅田川に様々な落葉が流れ始めた。

料理屋『江戸春』は、浅草山谷堀に架かっている今戸橋を渡った今戸町にあった。

半兵衛は、半次や音次郎と今戸橋の袂から料理屋『江戸春』を眺めた。

開店前の『江戸春』の表では、下足番が掃除に励んでいた。

「変わった様子はありませんね」

半次は、『江戸春』を窺った。

「よし。江戸春の女将と旦那、どんな者たちか近所に聞き込んでくれ。私は自身番で女将や旦那の素性を訊いて来る」

半兵衛は、半次と音次郎に命じて今戸町の自身番に向かった。

料理屋『江戸春』の主は徳次郎、女将はおきち……。

今戸町の自身番の店番は、半兵衛に告げた。

「江戸春、徳次郎が始めたのかい……」

半兵衛は尋ねた。

「はい。徳次郎さんは元々板前でしてね。死んだ前の女将さんと二人で小料理屋から、立派な料理屋にしたんですよ」

店番は、懐かしげに告げた。

「死んだ前の女将さんって事は、今の女将のおきちは後添いなのか……」

「はい。旦那の徳次郎さんは白髪頭の六十歳、女将のおきちさんは三十半ば。見た目は父親と娘ですよ」

「ほう。旦那と女将、そんなに歳が離れているのか……」

「ええ。おきちさん、最初は仲居として江戸春に奉公していたのですが、前の女将さんが病で亡くなった後、雇われ女将のような事をしていて、いつの間にか後添いに納まっていましたよ」

店番は、薄笑いを浮かべた。

「ほう。雇われ女将からいつの間にか後添いか……」

半兵衛は眉をひそめた。

「はい……」

「おきち、江戸春に仲居として奉公する迄は何をしていたのかな」

「おきちさんは、浪人さんの娘だと聞いておりますが、詳しくは……」

店番は首を捻った。

「浪人の娘……」

半兵衛は、おきちが浪人の娘だと聞き、背の高い着流しの武士を思い浮かべた。

「白縫さま、おきちさんが何か……」

店番は眉をひそめた。

「いや。処で江戸春から奉公人の事で何か届けは出ているかな」

「いえ。別に何も……」

店番は、怪訝な面持ちで首を横に振った。

料理屋『江戸春』は、下女奉公のおふみが姿を消した事を自身番に届けていなかった。

「そうか。いや、造作を掛けたね。良いかい、此の事は他言無用だよ」

半兵衛は、笑顔で口止めをした。

米屋、酒屋、油屋……。

半次と音次郎は、料理屋『江戸春』に出入りしている店の者に手分けをして聞き込みを掛けた。

「江戸春の旦那と女将さんですか……」

酒屋の番頭は戸惑った。

「ええ。どんな風ですかね」

半次は笑い掛けた。

「どんなって、歳が親子程離れていて、旦那さまは御隠居同然、何事も女将さんが取り仕切っておりますよ」

番頭は苦笑した。

「何事も女将さんがねえ……」

半次は眉をひそめた。

「ええ。ま、江戸春は女将さんで持っているような店ですよ」

「そうですか……」

「親分さん、江戸春の旦那と女将さん、どうかしたんですか……」

番頭は声を潜めた。

「此処だけの話ですがね。あっしの知り合いの旦那が江戸春の女将さんに惚れましてね」

半次は、薄笑いを浮かべた。

「えっ……」

番頭は驚いた。

「それで、江戸春の旦那と本当に夫婦なのかどうか、調べてくれと頼まれまして
ね。そうですか、女将さんはやっぱり娘じゃあないんですかい……」

半次は、偽りを巧みに述べて聞き込みを続けた。

「へえ。江戸春の女将さん、奉公人には厳しいのかい……」

音次郎は眉をひそめた。

「ああ。特にお客の相手をする仲居には厳しいそうだよ」

米屋の手代は笑った。

「仲居にねえ……」

「ああ。仲居がお客と出来ちまって噂になり、江戸春に悪い評判が立ったら困る
からね」

「じゃあ、女将さんが奉公人たちに厳しいのは、江戸春の為か……」

「ああ。そんな処だろうな」

手代は笑った。

「それにしても、奉公人たちは堪らないな」

「まあな……」

手代は頷いた。

女将のおきちは、料理屋『江戸春』を護る為に奉公人たちに厳しいのだ。

おふみに聞いた女将と違う……。

音次郎は、何となく違和感を覚えた。

一膳飯屋の窓の外には、今戸橋の架かる山谷堀があり、その向こうに料理屋『江戸春』が見えた。

半兵衛は、昼飯を食べながら半次と音次郎に聞き込みの結果を聞いた。

「そうか。女将のおきちの評判。決して悪くはないか……」

「はい。江戸春を取り仕切り、護ろうとしていると思いますよ」

半次は告げた。

「あっしも、そう聞きました……」

音次郎は頷いた。

「そうか……」

「旦那の方は如何でした……」

半次は尋ねた。

「うん。おきちは浪人の娘でね。江戸春で仲居をしていたんだが、前の女将が病で死んだ後、雇われ女将をして、旦那の徳次郎に後添いに望まれたそうだ」

「そして、女将になりましたか……」

「ああ。今や江戸春は後添いの女将、おきちで持っているか……」

「旦那、どうも、おふみちゃんの云っている女将さんと、何となく違うような気がするんですが……」

音次郎は首を捻った。

「うむ……」

もし、女将のおきちが徳次郎の身代を狙って後添いになったとしたなら、親子程の歳の差は手に掛ける迄もない武器になる。

徳次郎が老いて死ぬのを待てば良い……。

半兵衛は読んだ。

今の処、女将のおきちの評判は良く、旦那の徳次郎を手に掛けて料理屋『江戸春』を始めとした身代を奪う気配も、必要もない。

だが、おふみは、女将のおきちと着流しの武士が旦那の徳次郎を殺す相談をしているのを聞いたのだ。

それが本当なら、徳次郎が老いて死ぬのを待てない事情が出来たのかもしれない。

半兵衛は読み続けた。

そして、それ以外の読みは、おふみが偽りを告げている場合だ。

おふみは、女将おきちの云う事を聞き違えたのかもしれない。

それとも陥れようとしている……。

半兵衛は、不意にそうした想いに衝き上げられた。

「旦那、音次郎……」

半次は、窓の外に見える料理屋『江戸春』を示した。

料理屋『江戸春』から、粋な形の年増が仲居に見送られて出て来た。

「旦那……」

半次は眉をひそめた。

「うん。女将のおきちだね」

半兵衛は見定めた。

女将のおきちは、今戸橋を渡って浅草広小路に向かった。

「追いますか……」

「うん。先に行ってくれ」

「承知。音次郎……」

「はい……」

半次と音次郎は、一膳飯屋を足早に出て行った。

「父っつあん、勘定を頼む」

半兵衛は、板場にいる一膳飯屋の老亭主に声を掛けた。

山谷堀に架かっている今戸橋を渡ると、金龍山下瓦町、山之宿六軒町、山之宿町、花川戸町と続き、浅草広小路に出る。

料理屋『江戸春』の女将おきちは、足早に進んだ。

半次と音次郎は尾行た。

おきちは、時々振り返りながら進んだ。

「尾行て来る者を警戒していますね」

音次郎は、おきちの足取りに戸惑った。

「ああ。誰かに逢いに行くのかな」

半次は読んだ。

おきちは、山之宿町と花川戸町の辻を西に曲がり、金龍山浅草寺の東門に向かった。

「行き先、浅草寺ですか……」

音次郎は睨んだ。

「きっとな……」

半次と音次郎は、おきちを追った。


半次と音次郎が、山之宿町と花川戸町の辻を西に曲がるのが見えた。

女将のおきちは、半次と音次郎の先にいる。

半兵衛は、足取りを早めた。


金龍山浅草寺の境内は、参詣人で賑わっていた。

おきちは、東門から浅草寺の境内に入った。

半次と音次郎は続いた。

おきちは、大勢の参詣客の間を進み、境内の隅の茶店に入った。

半次と音次郎は見届けた。

おきちは、茶店の縁台に腰掛けて茶店娘に茶を注文した。

「誰かと落ち合うのかな……」

半兵衛が、半次と音次郎の許にやって来た。

「ええ。きっと……」

半次は頷いた。

おきちは、人待ち顔で茶を飲んでいた。

「親分、あの親父……」

音次郎は、雷門(かみなりもん)からの参道をやって来る初老の男を指差した。

「幡随院(ばんずいいん)の紋蔵(もんぞう)親分だ……」

音次郎が指差した初老の男は、岡っ引の幡随院の紋蔵だった。

「紋蔵か……」

半兵衛は眉をひそめた。

幡随院の紋蔵は、南町奉行所の同心から手札を貰っている岡っ引であり、決して評判の良い男ではなかった。

「ええ。まさか……」

半次の勘は、おきちの待っている相手は紋蔵だと囁いた。

「おそらく、そのまさかだ……」

半兵衛は笑った。

幡随院の紋蔵は、茶店にいるおきちの隣りに腰掛けて茶店娘に茶を頼んだ。

「旦那と親分の睨み通りですね」

音次郎は、おきちと紋蔵を見詰めた。

おきちと紋蔵は、顔見知りらしく挨拶もせずに言葉を交わし始めた。

「何を話しているんですかね……」

半次は、微かな苛立ちを過ぎらせた。

「うむ……」

半兵衛は、おきちと紋蔵の唇の動きを読もうとした。

「おふみ……」

半兵衛は、おきちの唇を辛うじて読んだ。

「おきちと紋蔵、おふみちゃんの事を話しているんですかい……」

半次は眉をひそめた。

「おそらくな……」

半兵衛は、尚もおきちと紋蔵の唇を読もうとした。

紋蔵が、おきちに何事かを聞き返して眉をひそめた。

「どうしたんですかね」

半次は、紋蔵が眉をひそめたのに気付いた。

「紋蔵、おきちに緋牡丹の柄の半纏、と聞き返した……」

半兵衛は、厳しい面持ちで告げた。

「緋牡丹の柄の半纏……」

半次は緊張した。

「うむ。おそらく、おきちはおふみが緋牡丹の柄の半纏を持っていたと教えたのだ」

「そして、思わず聞き返したとなると……」

半次は、厳しさを滲ませた。

「紋蔵、鶴次郎を知っているのか……」

「そりゃあもう。五年も前の事とは云え、何度も逢っていますから、忘れちゃあいないでしょう」

「緋牡丹の絵柄の半纏もな」

「きっと……」

半次は頷いた。

「ならば、紋蔵はおふみが鶴次郎と拘わりがあるかもしれないと思ったのだ」

半兵衛は読んだ。

「はい。もし、そうなら……」

「紋蔵は、半次、お前や私に探りを入れて来るだろうな」

半兵衛は苦笑した。

料理屋『江戸春』の女将のおきちは、姿を消したおふみを捜すように岡っ引の幡随院の紋蔵に頼んだのだ。

半兵衛は睨んだ。

幡随院の紋蔵は、おきちに何事かを告げて立ち上がった。

おきちは、素早く紋蔵に紙包みを渡した。

紋蔵は紙包みを受け取り、茶店を出て雷門に向かった。

「紋蔵、おきちに金で買われているか。半次、音次郎、紋蔵から眼を離すな」

半兵衛は命じた。

「承知……」

半次と音次郎は、紋蔵を追った。

半兵衛は、おきちを見守った。

おきちは、茶代を払って茶店を出た。

半兵衛は追った。


岡っ引の幡随院の紋蔵は、雷門で待たせていた下っ引の伊助(いすけ)を従え、蔵前(くらまえ)の通りを浅草御門に向かった。

「下っ引の伊助だ……」

「はい。何処に行くんですかね」

「さあな。きっと面白い処に連れて行ってくれるぜ」

半次は、紋蔵と伊助の行き先を読み、小さな笑みを浮かべた。


浅草広小路は、金龍山浅草寺の参詣人と遊びに来た人々で賑わっていた。

女将のおきちは、広小路の雑踏を東本願寺(ひがしほんがんじ)に向かった。

半兵衛は、雑踏に紛れておきちを尾行た。

おきちは、東本願寺の前を通って下谷に進んだ。

何処に行く……。

半兵衛は、道端の荒物屋で塗笠を買って目深に被り、巻羽織の裾を下ろした。

おきちは、新寺町から廣徳寺門前に出て武家屋敷街の路地に曲がった。

半兵衛は、足取りを速めておきちとの距離を詰めた。


武家屋敷街の木々の葉は色付いていた。

おきちは、銀杏の庭木のある武家屋敷に入って行った。

半兵衛は見届けた。

誰の屋敷だ……。

おきちと料理屋『江戸春』の主徳次郎を殺す相談をしていた背の高い着流しの武士の屋敷かもしれない。

半兵衛は、黄色く色付いた葉を散らす銀杏のある武家屋敷を眺めた。


江戸湊には千石船が停泊し、何艘もの艀が往き来していた。

幡随院の紋蔵と下っ引の伊助は、八丁堀沿いの道を進んで本湊町に入った。

「まさか……」

音次郎は戸惑った。

「ああ。そのまさかだ。幡随院の紋蔵の野郎、鶴次郎から俺を思い出し、探りに来たんだぜ」

半次は苦笑した。

「紋蔵の野郎……」

音次郎は、腹立たしげに吐き棄てた。

本湊町には潮の香りが漂い、鷗が賑やかに飛び交っていた。

紋蔵と伊助は、本湊町の裏通りにある長屋の木戸を潜った。そして、井戸端に居合わせたおかみさんに近付いた。

半次と音次郎は、木戸の陰から見守った。

紋蔵と伊助は、おかみさんに何事かを訊き始めた。

おかみさんは、長屋の奥の半次の家を一瞥しながら首を捻っていた。

伊助が半次の家に近付き、腰高障子に耳を当てて中の様子を窺った。そして、首を横に振りながら紋蔵の許に戻った。

紋蔵は頷き、伊助を従えて長屋から出て行った。

おかみさんは、眉をひそめて見送った。

幡随院の紋蔵は、下っ引の伊助を従えて鉄砲洲波除稲荷(てっぽうずなみよけいなり)に向かった。

「紋蔵、おふみちゃんが俺の処にいると睨んで来たんだぜ」

半次は苦笑した。

「紋蔵の野郎……」

紋蔵と伊助は、波除稲荷の傍の八丁堀の河口に架かる稲荷橋を渡り、八丁堀に進んだ。

「紋蔵、半兵衛の旦那の組屋敷に行く気だ」

半次は眉をひそめた。

「えっ。旦那のお屋敷にはおふみちゃんが……」

音次郎は焦(あせ)った。

半兵衛の組屋敷にはおふみがいるのだ。

「音次郎、お前、旦那の組屋敷に先廻りをして、おふみちゃんを連れ出せ」

紋蔵や伊助に見つかっては面倒だ。

半次は音次郎に命じた。

「はい。でも何処に……」

音次郎は狼狽えた。

「よし。秋山さまの御屋敷に行け」

半次は命じた。

南町奉行所吟味方与力の秋山久蔵の屋敷は八丁堀岡崎町にあり、北島町にある半兵衛の組屋敷から直ぐだ。

「合点です。じゃあ……」

音次郎は、猛然と走り出した。

半次は、紋蔵と伊助を追った。

紋蔵と伊助は、八丁堀北島町にある半兵衛の組屋敷に進んでいた。

半次は追った。

三

塀越しに見える銀杏の木は、黄色い葉を舞い散らせていた。

御家人の倉沢弥十郎……。

料理屋『江戸春』の女将おきちが入った武家屋敷は、倉沢弥十郎と云う御家人の屋敷だった。

半兵衛は、界隈の武家屋敷の中間小者たちに倉沢弥十郎について聞き込んだ。

御家人の倉沢弥十郎は、百八十石取りの小普請組であり、両親を早くに亡くして一人で気儘に暮らしていた。

「子供の頃は学問と剣術に励まれていたんですがね。御役目に就いていた先代が亡くなられた後、小普請になっちまって。以来、悪い仲間と付き合うようになりましてね。評判は悪いですよ」

旗本屋敷の老下男は、斜向かいの倉沢屋敷を眺めながら白髪眉をひそめた。

「そうか……」

半兵衛は、倉沢弥十郎が道を踏み外したのが何となく分かるような気がした。

八丁堀北島町の半兵衛の組屋敷は、静けさに覆われていた。

幡随院の紋蔵と下っ引の伊助は、半兵衛の組屋敷を窺った。

半次は物陰から見守った。

音次郎は無事におふみを連れ出したのか……。

半次は、微かに不安を覚えた。

「親分……」

音次郎が現れた。

「おう。おふみちゃん、どうした」

「はい。奥さまと太市の兄貴が快く引き受けてくれました」

〝奥さま〟とは秋山久蔵の妻の香織の事であり、〝太市の兄貴〟とは手先として働く事もある秋山家の下男だ。

「そいつは良かった」

半次は安堵した。

「紋蔵の野郎……」

音次郎は、半兵衛の組屋敷を窺っている紋蔵を睨み付けた。

「よし。少し脅かしてやるか……」

「そいつは面白い……」

半次と音次郎は物陰を出た。

「こりゃあ、幡随院の紋蔵親分じゃありませんかい……」

半次は呼び掛けた。

紋蔵と伊助は、背後からの不意の呼び掛けに狼狽した。

「お、おう。本湊の……」

紋蔵は、慌てて狼狽を隠そうとした。

「うちの旦那に何か御用ですかい……」

半次は苦笑した。

「い、いや。久し振りに来たんで、ちょいと御挨拶をと思ってな……」

紋蔵は言い繕った。

「そいつは御丁寧に。うちの旦那は、今、秋山久蔵さまの御屋敷に行っています」

半次は、秋山久蔵の名前を出した。

「秋山久蔵さま……」

紋蔵は怯んだ。

南町奉行所吟味方与力の秋山久蔵に睨まれれば、十手を召し上げられた上に厳しく詮議され、下手をすれば牢屋敷に叩き込まれる。

牢屋敷の囚人の中に放り込まれた岡っ引程、悲惨な者はいない。

「ええ。一っ走りして幡随院の親分が御挨拶に来ていると呼んで来ましょうか

「えっ。いや、それには及ばねえ」

紋蔵は慌てた。

「そうですかい。幡随院の親分、同業の者や同心の旦那を嗅ぎ廻るのなら、首が飛ぶのを覚悟してやるんですね」

半次は、紋蔵を冷ややかに見据えた。

「ほ、本湊の……」

「幡随院の、金に眼が眩んで下手な真似をすると、命取りですぜ」

半次は、冷たく笑った。

……。

半兵衛は、倉沢屋敷を見張り続けていた。

倉沢屋敷から、料理屋『江戸春』の女将おきちが出て来た。

おきちは倉沢屋敷を振り返り、小さな笑みを浮かべて廣徳寺門前に向かった。

半兵衛は見守った。

おきちは、廣徳寺門前から新寺町の通りを浅草に向かった。

浅草今戸町の料理屋『江戸春』に帰る……。

半兵衛は読み、倉沢屋敷を見張り続ける事にした。

半刻が過ぎた。

背の高い着流しの武士が、倉沢屋敷から出て来た。

倉沢弥十郎……。

半兵衛は、物陰から見定めた。

弥十郎は、周囲を油断なく見廻した。そして、周囲に不審はないと見極め、手にしていた編笠(あみがさ)を被って廣徳寺門前に進んだ。

さあて、追うか……。

半兵衛は、塗笠を目深に被り直して弥十郎を尾行た。

廣徳寺門前に出た倉沢弥十郎は、浅草とは反対の東叡山寛永寺(とうえいざんかんえいじ)脇の山下(やました)に向かった。

半兵衛は追った。


料理屋『江戸春』には客が出入りしていた。

半次は、今戸橋の袂(たもと)から見守った。

おきちが、浅草広小路からの道を足早に帰って来た。

おきち……。

半次は、おきちの背後に尾行ている筈の半兵衛を捜した。だが、半兵衛の姿は何処にも見えなかった。

おきちは、下足番に迎えられて料理屋『江戸春』に入って行った。

半次は見届けた。

半兵衛の旦那はどうした。

おきちは、紋蔵が立ち去った後、他の誰かと逢った。半兵衛の旦那は、そいつを追ったのかもしれない。

半次は、半兵衛の動きを読んだ。

「親分……」

音次郎が駆け寄って来た。

「おう。紋蔵の野郎、幡随院門前町の家に帰ったか……」

半次は、脅した紋蔵と伊助を音次郎に追わせた。そして、音次郎は紋蔵と伊助の行き先を見届けて来た。

「そいつが、湯島天神門前の小料理屋に行きましたよ」

「湯島天神門前の小料理屋だと……」

半次は眉をひそめた。

「ええ。紋蔵が妾にやらせている店だそうですぜ」

「紋蔵の野郎、おきちから逃げる気だな」

半次は苦笑した。

岡っ引の幡随院の紋蔵は、おきちからおふみを捜すように金で雇われた。だが、半次に脅かされ、金を貰ったままおふみ捜しから手を引いたのだ。そして、おきちの眼から逃れる為に妾の小料理屋に逃げ込んだのだ。

半次は読んだ。

「で、親分、女将のおきちは……」

「今さっき帰って来たぜ」

「じゃあ、半兵衛の旦那は……」

音次郎は、怪訝に辺りを見廻した。

「何かあったようだ……」

半次は眉をひそめた。

不忍池の水面は、畔の木々から舞い散った枯葉で彩られていた。

半兵衛は、池之端の裏通りにある剣術道場を見張っていた。

御家人の倉沢弥十郎は、剣術道場を訪れたままだった。

古く軒が傾いた剣術道場は、既に主はいなく、食詰め浪人たちの溜り場になっていた。

倉沢弥十郎の悪仲間……。

半兵衛は、剣術道場に屯している食詰め浪人たちをそう睨んだ。

倉沢弥十郎は、食詰め浪人たちを使って何かを企んでいる。

企みが何かは分からない。だが、料理屋『江戸春』の女将おきちと拘わりがあるとしたら、おふみが聞いた旦那の徳次郎を殺す企みなのかもしれない。

もし、企みが睨み通りなら、食詰め浪人たちが動くのはおそらく夜だ。

半兵衛は読んだ。

四半刻（三十分）が過ぎた。

古い剣術道場から、倉沢弥十郎と髭面の浪人が出て来た。

半兵衛は物陰に隠れた。

「ならば尾崎、明日な……」

倉沢弥十郎は念を押した。

「心得た。亥の刻四つ（午後十時）にな」

尾崎と呼ばれた髭面の食詰め浪人は、薄笑いを浮かべて頷いた。

「うむ。ではな……」

倉沢弥十郎は頷き、不忍池の畔に向かった。

尾崎たち食詰め浪人は、倉沢弥十郎に頼まれて明日の亥の刻四つに何かをする。

半兵衛は読み、倉沢弥十郎を追った。

倉沢弥十郎は、枯葉の舞い散る不忍池の畔を下谷広小路に進んだ。

廣徳寺前の屋敷に戻るのか……。

半兵衛は追った。


夕暮れ時、隅田川には船遊びをする屋根船が現れた。

料理屋『江戸春』には客が次々と訪れ、忙しい時を迎えていた。

半次と音次郎は見張り続けた。

女将のおきちは、客を出迎え、見送り、忙しく働いていた。

「女将のおきち、今夜はもう動く気配はないな……」

半次は睨んだ。

「ええ……」

音次郎は頷いた。

「やあ、どうだい……」

半兵衛がやって来た。

「旦那、今迄、何処に……」

「うん。いろいろあってね。そっちはどうだった」

半兵衛は笑った。

「ええ。こっちもいろいろありましたよ」

「よし。じゃあ、飯でも食べるか……」

半兵衛は、今戸橋の向こうにある一膳飯屋を示した。

一膳飯屋は客も少なく、半兵衛、半次、音次郎は窓辺に座って酒を飲み、料理を食べた。

「して、幡随院の紋蔵たちはどうした」

半兵衛は、手酌(てじゃく)で酒を飲んだ。

「紋蔵の野郎。睨み通り、あっしの長屋から旦那の組屋敷に……」

「やはりな。で、おふみはどうした」

半兵衛は眉をひそめた。

「紋蔵が行く前に、音次郎が秋山さまの奥さまに頼み、御屋敷で預かって貰っています」

「ほう。秋山さまの御屋敷とは、上手(うま)い処に眼を付けたな」

半兵衛は笑みを浮かべた。

「はい。で、紋蔵を脅して手を引くように仕向けましたよ」

半次は、紋蔵がその後、妾にやらせている小料理屋に身を隠した事を告げた。

「そうか。御苦労だったな」

「いいえ。で、旦那の方は……」

「うむ。おきち、あれから廣徳寺門前にある倉沢弥十郎と云う御家人の屋敷に行ってね」

「倉沢弥十郎ですか……」

「うむ。背の高い着流しの侍だ……」

半兵衛は頷いた。

「おきちと徳次郎旦那殺しを相談していた奴ですか……」

半次は眉をひそめた。

「ああ、おそらくな……」

半兵衛は、倉沢弥十郎の現在の有り様と人柄。そして、池之端の古い剣術道場の食詰め浪人たちと拘わりのある事を教えた。

「明日、亥の刻四つですか……」

半次は眉をひそめた。

「うむ……」

「明日の亥の刻に江戸春の徳次郎旦那を殺すってんですかね」

音次郎は読んだ。

「かもしれないな……」

半兵衛は頷いた。

「で、旦那。倉沢弥十郎は今……」

「廣徳寺門前の屋敷に戻ったよ」

半兵衛は、倉沢弥十郎が己の屋敷に戻ったのを見届けて料理屋『江戸春』に来たのだ。

「見張りますか……」

半次は、指示を仰いだ。

「いや。そいつは明日からで良いだろう」

「はい……」

半次と音次郎は頷いた。

「いつも、ありがとうございます」

おきちの声が窓の外から聞こえた。

半兵衛、半次、音次郎は、窓の外を眺めた。

今戸橋の袂にある料理屋『江戸春』の表では、女将のおきちと仲居たちが町駕籠で帰る客を見送っていた。

「お気を付けて……」

おきちは、客を乗せて行く町駕籠を見送り、『江戸春』に戻って行った。

「今夜は、もう何事もなさそうですね」

半次は読んだ。

「うん。そうか、おふみは秋山さまの御屋敷に預けたか……」

半兵衛は微笑んだ。

南町奉行所吟味方与力秋山久蔵の屋敷には明かりが灯されていた。

半兵衛は、下男の太市に誘われて勝手口に向かった。

台所は明るく、女たちの笑い声が聞こえた。

久蔵の妻の香織、古くから奉公しているお福、そしておふみの笑い声だった。

おふみが、奥さまやお福さんと一緒に笑っている。

半兵衛は、安堵と微笑ましさを覚えた。

「働き者の素直な良い娘ですね」

太市は、おふみを誉めた。

「働き者か……」

「ええ。赤ん坊の小春さまの子守りも上手いものです」

太市は笑い、勝手口を開けた。

「奥さま、白縫さまがお見えです」

台所の板の間では、香織がお福やおふみとお喋りをしながら台所仕事をしていた。

「これは半兵衛さま……」

香織は、框に出て来た。

「奥さま、此度は御造作をお掛け致します」

半兵衛は礼を述べた。

「いいえ。おふみちゃん、良く手伝ってくれて大助かりですよ」

香織は微笑んだ。

「そうですか……」

半兵衛は、板の間の隅で畏まっているおふみに笑い掛けた。

おふみは、楽しそうに笑った。

「半兵衛の旦那。おふみちゃん、良かったら暫く預かりますよ。ねえ、奥さま
……」

お福は、肥った身体を揺らした。

「ええ。おふみちゃんが良ければね」

香織は頷いた。

「そいつはありがたい。どうするおふみ、お世話になるか……」

「はい」

おふみは、嬉しげに頷いた。

「こりゃあ、半兵衛の旦那……」

お福の亭主の与平(よへい)が、廊下の奥からやって来た。

「やあ。変わりはないかい……」

「お蔭さまで。旦那さまがお呼びですよ」

与平は、眼尻の皺(しわ)を深くして告げた。

燭台(しょくだい)の火は揺れた。

半兵衛は、秋山久蔵と酒を飲んだ。

「そうか。幡随院の紋蔵か……」

久蔵は苦笑した。

「はい。ご存知ですか……」

「ああ。評判の悪い奴だと柳橋(やなぎばし)に聞いた覚えがある。よし、十手を召し上げ、江戸春のおきちに何を頼まれたか吐かしてくれる」

久蔵は、手酌で酒を飲んだ。

「お願いします」

「して半兵衛、おふみの聞いた事が本当かどうかは、如何なのだ」

「はい。女将のおきちと旦那の徳次郎を殺す相談をしていた背の高い着流しの武士は、御家人の倉沢弥十郎。それに、おきちが姿を消したおふみの事を自身番に届けず、紋蔵を金で雇って捜させている。その辺からみるとおふみの話は、おそらく本当かと存じます」

半兵衛は、久蔵を見詰めて告げた。

「うむ。それで、倉沢弥十郎は食詰め浪人と明日の亥の刻四つに何をするかだな」

久蔵は眉をひそめた。

「ええ……」

半兵衛は、厳しい面持ちで頷いた。

「半兵衛、半次と音次郎だけで手が足りなければ、柳橋に助っ人を頼むが、どうする」

「はい。半次と音次郎は、江戸春の女将のおきちを見張り、私は倉沢を。出来ましたら池之端の古い剣術道場の尾崎と申す髭面の食詰め浪人どもを……」

「分かった。柳橋に報せる」

「宜しくお願いします」

半兵衛は、猪口を置いて頭を下げた。

「うむ。処で半兵衛。おふみは何故、お前に報せに来たのだ」

「それが秋山さま。おふみは、緋牡丹の絵柄の半纏を持って来たんです」

「緋牡丹の絵柄の半纏だと……」

久蔵は、怪訝な眼差しを半兵衛に向けた。

「はい……」

「まさか半兵衛、おふみは鶴次郎の忘れ形見じゃあるまいな」

久蔵は、緋牡丹の絵柄の半纏と聞いて鶴次郎を思い出した。

「それはありません」

半兵衛は苦笑した。

「そうか。だが、鶴次郎と拘わりはあるんだろう」

「はい。半次の話では、六年前、鶴次郎が死ぬ一年前ですか、江の島参りに行きましてね。その帰りの戸塚で急に熱を出し、おふみのおっ母さんの世話になったそうでしてね。それで鶴次郎、路銀の残りと緋牡丹の半纏を礼に残し、何か困った事が起きたら八丁堀は北島町の私の処に来るが良いと教えたそうです」

「それで、おっ母さんが江戸に奉公に出る事になったおふみに緋牡丹の半纏を持たせ、八丁堀の白縫半兵衛の名を教えたか……」

久蔵は読んだ。

「はい。何か困った事が起きた時の為に……」

半兵衛は頷いた。

「そして、おふみは女将のおきちと御家人の倉沢弥十郎の徳次郎殺しの企みを聞いてしまい、慌てて緋牡丹の半纏を持って江戸春から逃げ出し、おっ母さんに云われた事を思い出して八丁堀で半兵衛を捜したか……」

「おそらく……」

「そうか、鶴次郎か……」

久蔵は、緋牡丹の半纏を着た鶴次郎を思い出した。

半兵衛は、手酌で酒を飲んだ。

燭台の明かりは仄(ほの)かな輪を作り、小さな音を鳴らした。

四

隅田川には枯葉が舞っていた。

半次と音次郎は、一膳飯屋の納屋(なや)を借りて料理屋『江戸春』を見張った。

料理屋『江戸春』は、板前と下働きたちが仕込みを始め、女中たちが連なる座敷、下足番と下男たちが店の周囲を掃除していた。

倉沢弥十郎と食詰め浪人たちが、亥の刻四つにする事は料理屋『江戸春』の主の徳次郎に拘わりがあるのか……。

女将のおきちは何をするのか……。

半次と音次郎は、料理屋『江戸春』を見張った。

池之端の裏通りの古い剣術道場には、髭面の尾崎勇之進たち四人の浪人が屯していた。

幸吉と由松は、古い剣術道場を見張った。

今朝早く、柳橋の船宿『笹舟』に秋山久蔵が訪れ、弥平次に事の次第を話して半兵衛の助っ人をしてくれと頼んだ。

弥平次は引き受け、幸吉と由松に池之端の古い剣術道場を見張るように命じた。

幸吉と由松は、屯している浪人たちの評判を聞き込み、見張りについた。

屯している浪人たちの評判は悪く、朝から酒を飲んでいた。

「強請集りに乱暴狼藉、陸なもんじゃありませんぜ」

由松は吐き棄てた。

「ああ……」

幸吉は苦笑した。

倉沢屋敷の銀杏の木は、黄色い枯葉を散らし続けていた。

半兵衛は見張った。

倉沢弥十郎は、屋敷から出て来る気配はなかった。

夜迄動くつもりはないのか……。

半兵衛は、見張り続けた。

「知らん顔の旦那……」

勇次がやって来た。

「おう。勇次じゃあないか、どうした」

「お手伝いに……」

勇次は船宿『笹舟』の船頭であり、弥平次の手先として働いていた。

「そうか。そいつはすまないね」

柳橋の弥平次は、幸吉と由松に池之端の剣術道場を見張らせ、勇次を半兵衛の手伝いに寄越してくれたのだ。

「いいえ。見張りを交代します。一服して下さい」

「そうか。じゃあ、ちょいと池之端の剣術道場に行って幸吉と由松に挨拶をして来るよ」

「それには及びませんよ」

「いや。そうはいかぬ……」

半兵衛は微笑んだ。


湯島天神門前町の盛り場は、遅い朝を迎えていた。

秋山久蔵は、柳橋の弥平次と共に盛り場を進んだ。

連なる飲み屋は、漸く眼を覚まして仕込みや掃除を始めていた。

托鉢坊主の雲海坊がいた。

「何処だ……」

弥平次は尋ねた。

「こちらです」

雲海坊は、久蔵と弥平次を小料理屋『鶯や』の前に誘った。

「此処ですよ」

雲海坊は、未だ仕込みも掃除も始めていない小料理屋『鶯や』を示した。

「幡随院の紋蔵、いるのか……」

久蔵は、小料理屋『鶯や』を見据えた。

「はい。おまちって若い妾と未だ寝ているようですぜ」

雲海坊は苦笑した。

「紋蔵と妾のおまちの二人だけか……」

「はい。板場の奥の部屋にいる筈です」

雲海坊は頷いた。

「よし。踏み込むぜ」

久蔵は冷笑を浮かべた。

「承知……」

弥平次と雲海坊は頷いた。

久蔵は、小料理屋『鶯や』の腰高障子を蹴破り、素早く店に踏み込んだ。

雲海坊と弥平次が続いた。

幡随院の紋蔵は、腰高障子の蹴破られた音で眼を覚ました。そして、跳ね起き、下帯一本で逃げようとした。

板場に久蔵が現れ、逃げようとした紋蔵を蹴り飛ばした。

紋蔵は、部屋の奥に飛ばされ、壁に叩き付けられた。

雲海坊は、激痛に呻(うめ)く紋蔵を素早く押えた。

若い妾のおまちが眼を覚まし、豊満な胸を揺らして悲鳴をあげた。

「静かにしな」

弥平次が、十手を突き付けて一喝(いっかつ)した。

おまちは、悲鳴を飲み込んだ。

「紋蔵、秋山久蔵だ……」

久蔵は、紋蔵を冷たく見据えた。

「は、はい……」

紋蔵は、恐怖に衝き上げられて喉を引(ひ)き攣(つ)らせた。

「紋蔵、浅草今戸の料理屋江戸春の女将のおきちに金を貰い、何を頼まれた……」

「そ、それは……」

紋蔵は、言葉を濁そうとした。

刹那、久蔵は紋蔵の頰を張り飛ばした。

鋭い音が短く鳴り、紋蔵の顔が恐怖に醜く歪んだ。

「紋蔵、手前、小伝馬町の牢屋敷で嬲り殺しになりてえのか……」

久蔵は苦笑した。

「五両でおふみって娘を捜してくれと……」

「で……」

久蔵は、話の先を促した。

「おふみって娘の手掛かりは、緋牡丹の絵柄の古い半纏を持っていると。それで……」

「死んだ鶴次郎と拘わりがあると睨み、兄弟分の本湊の半次や北町の白縫半兵衛の家を探ったか……」

「あ、秋山さま……」

紋蔵は、己の動きが見抜かれているのに震えた。

「で、おきちはおふみを見つけて、どうしろと云ったんだい」

久蔵は、紋蔵を冷たく見据えた。

「こ、殺せと……」

紋蔵は観念した。

料理屋『江戸春』の女将おきちは、旦那の徳次郎殺しの企みを聞いた下女のおふみを捜し出して殺すよう、岡っ引の幡随院の紋蔵に頼んだ。

「よし、分かった。後は大番屋で訊くぜ」

久蔵は笑った。


刻は過ぎた。

料理屋『江戸春』と女将のおきちに変わった事はなく、倉沢弥十郎や尾崎勇之進たちに動きはなかった。

やはり、夜迄動かないつもりだ……。

半兵衛と勇次は、倉沢を見張り続けた。

托鉢坊主の雲海坊がやって来た。

「雲海坊の兄貴です」

勇次が気付いた。

「おう。どうした」

半兵衛は、やって来た雲海坊を迎えた。

「半兵衛の旦那、秋山さまが幡随院の紋蔵を締め上げました」

「そうか。で……」

「江戸春の女将のおきち、紋蔵を五両で雇い、おふみって娘を捜し出して殺してくれと頼んだそうです」

雲海坊は、嘲(あざけ)りを浮かべた。

「やはりな……」

「それで秋山さまは、おきちを早々にお縄にするか、何を企んでいるか見届けるか、決めるのは知らん顔の旦那だと……」

雲海坊は、久蔵が事の始末を半兵衛に任せていると告げた。

「そうか。私はおきちと倉沢弥十郎の企みを見届けるよ」

半兵衛は苦笑した。

「分かりました。秋山さまにそう御報せします」

雲海坊は頷いた。

「頼む……」

「はい。じゃあ……」

雲海坊は、半兵衛に一礼して錫杖(しゃくじょう)の鐶(かなわ)を鳴らして立ち去った。

陽は西に大きく傾いた。

半兵衛は微笑んだ。

「うむ。おきちをお縄にする時は、倉沢弥十郎も一緒だ」

「半兵衛の旦那……」


日暮れが近づいた。

料理屋『江戸春』に客が訪れ始めた。

「別に変わった様子はありませんね」

音次郎は、微かに焦れた。

「ああ。音次郎、待つのも仕事の内だ」

半次は笑った。

町駕籠がやって来て、駕籠舁きが下足番に声を掛けた。

下足番は、返事をして店に入って行った。

「客の迎え駕籠ですかね」

「だとしたら早いな……」

半次は首を捻った。

白髪頭の小柄な旦那が、女将のおきちと下足番に見送られて出て来て、町駕籠に乗った。

「旦那さま、御隠居さまへのお土産です……」

おきちは、町駕籠に乗った白髪頭の小柄な旦那に風呂敷包みを渡した。

白髪頭の小柄な旦那を乗せた町駕籠は、おきちと下足番に見送られて今戸橋を渡った。

「親分……」

「江戸春の徳次郎旦那だ……」

半次は、白髪頭の小柄な旦那を料理屋『江戸春』の主の徳次郎だと見定めた。

「ええ……」

「よし。俺が追う。音次郎はおきちを頼む」

「承知……」

音次郎は、喉を鳴らして頷いた。

徳次郎を乗せた町駕籠は、今戸橋を渡って山谷堀沿いの日本堤を三ノ輪町に向かった。

半次は追った。

日は暮れ、料理屋『江戸春』は賑わった。

亥の刻四つが近づいた。

池之端の古い剣術道場に灯されていた明かりが消えた。

「幸吉の兄い……」

由松は緊張した。

「やっと出て来るぞ……」

幸吉は、喉を鳴らした。

尾崎勇之進たち四人の浪人が、古い剣術道場から出て来た。

幸吉と由松は見守った。

尾崎たち浪人は、下谷広小路に向かった。

「よし。追うぞ……」

幸吉と由松は、尾崎たち浪人を追った。

東叡山寛永寺の鐘が、亥の刻四つを夜空に響かせた。

「半兵衛の旦那、亥の刻四つです」

「うん。そろそろ動くぞ」

「はい……」

半兵衛と勇次は、暗がりから倉沢屋敷を見詰めた。

着流しの倉沢弥十郎が屋敷から現れ、鋭い眼で辺りを見廻した。そして、廣徳寺の門前の通りを山下に向かった。

半兵衛と勇次は追った。

寛永寺の鐘の音は、長く尾を引いて響き続けた。

倉沢弥十郎は、寛永寺車坂門(くるまざかもん)の暗がりに佇んで下谷広小路の方を窺った。

「誰かを待っているようですね」

勇次は眉をひそめた。

「うん。下谷広小路から来る者となると、池之端の剣術道場の尾崎たちだろう」

半兵衛は読んだ。

「奴らですか……」

勇次は、広小路からの夜道を透かし見た。

四人の浪人が、広小路からやって来た。

「半兵衛の旦那……」

「うむ……」

半兵衛と勇次は、暗がりから見守った。

倉沢は、やって来た尾崎たち浪人と落ち合い、一緒に入谷に向かった。

「やっぱり、奴らでしたね」

「うむ……」

半兵衛と勇次は、暗がりを出た。

「半兵衛の旦那、勇次……」

幸吉と由松が、尾崎たち浪人を追って来た。


根岸(ねぎし)の里を流れる石神井(しやくじい)用水には、蒼白い月影が揺れていた。

石神井用水沿いにある仕舞屋(しもたや)の縁側では、禿頭(はげあたま)の隠居が料理屋『江戸春』の徳次郎と憎まれ口を叩き合いながら碁(ご)に興じていた。

日暮れ前、浅草今戸町の料理屋『江戸春』を出た徳次郎は、日本堤から三ノ輪町に出て根岸の里に来たのだ。

半次は、石神井用水越しに碁を打っている徳次郎と隠居を見守った。

仕舞屋の周辺に不審な処はなく、怪しい者もいなかった。
亥の刻四つも過ぎ、徳次郎が訪れて二刻（四時間）程が経った。
根岸の里には、石神井用水のせせらぎだけが響いていた。
提灯の明かりが、石神井用水沿いに小道を揺れながらやって来た。
徳次郎を迎えに来た町駕籠だ。
半次は睨んだ。
もし、倉沢弥十郎と食詰め浪人たちが、徳次郎を襲うとしたら帰り道だ。
半次は、緊張を覚えた。
倉沢弥十郎と尾崎勇之進たち浪人は、下谷金杉上町から根岸の里に向かった。
半兵衛、幸吉、由松、勇次の四人は、倉沢と尾崎たちを尾行た。
倉沢と尾崎たちは、根岸の里の石神井用水に架かる小橋を渡って立ち止まった。
半兵衛たちは、暗がりに潜んで見守った。
倉沢は、尾崎たち浪人を小橋の袂に待たせ、石神井用水沿いの小道を谷中に進んだ。
「倉沢の野郎、どうします」

由松は、半兵衛の指示を待った。

「追ってくれ」

半兵衛は命じた。

「あっしも行きます」

由松と勇次は、石神井用水の流れを間にして畑の中を倉沢を追った。

半兵衛と幸吉は、小橋の袂に佇む尾崎たち浪人を見張った。


半次は、町駕籠の停まっている仕舞屋を見守っていた。

人影が、町駕籠の背後の暗がりに揺れた。

誰だ……。

半次は、人影のいる暗がりを透かし見た。

人影は着流しの侍だった。

倉沢弥十郎か……。

半次の勘が囁いた。

徳次郎が、隠居に見送られて仕舞屋から出て来て町駕籠に乗り込んだ。

駕籠舁きは、徳次郎の乗った駕籠を担ぎ、威勢良く歩き出した。

いない……。

半次は、暗がりに倉沢弥十郎らしい着流しの侍がいなくなっているのに気付いた。

とにかく徳次郎だ……。

半次は、町駕籠を追った。

「半次の親分……」

畑から勇次が現れた。

「おう、勇次じゃあないか……」

半次は戸惑った。

倉沢弥十郎は、尾崎勇之進たち浪人の許に戻り、何事かを告げた。

尾崎勇之進たち浪人は、暗がりに散った。

「奴ら、何をする気だ……」

幸吉は眉をひそめた。

「旦那、兄貴……」

由松が、畑から戻ってきた。

「町駕籠が来ます」

「町駕籠……」

「はい。倉沢、町駕籠に乗った者を見定めて戻ったようです」

「町駕籠に乗った者か……」

「はい。それから、半次の親分が見張っていました」

由松は報せた。

「半次が見張っていたとなると、町駕籠に乗った者はおそらく江戸春の徳次郎だ」

半兵衛は読んだ。

「じゃあ、闇討ちを仕掛ける気ですか……」

幸吉と由松は眉をひそめた。

「きっとな……」

半兵衛は、石神井用水沿いの小道を小田原提灯(おだわらぢょうちん)を揺らしながら来る町駕籠を見詰めた。

町駕籠は、小橋に差し掛かった。

尾崎勇之進たち四人の浪人が、刀を抜いて町駕籠に襲い掛かった。

呼子笛が甲高く鳴り響いた。
尾崎と浪人たちは驚き、町駕籠は停まった。
半兵衛が幸吉や由松と小橋を渡り、尾崎たち浪人に駆け寄った。
尾崎は、三人の浪人たちを半兵衛たちに向かわせ、町駕籠に走った。
半兵衛は、斬り掛かって来る三人の浪人に抜き打ちの一刀を閃かせた。
三人の浪人は、手足を斬られて激しく狼狽え、悲鳴をあげて逃げた。
鮮やかな田宮流抜刀術だ。
幸吉と由松は、尾崎を追った。
尾崎は、駕籠舁きが逃げ去って残された町駕籠に迫った。
半次が、町駕籠の前に立ちはだかった。
「退け、邪魔するな」
尾崎は怒鳴った。
幸吉と由松が背後に迫った。
勇次が町駕籠に駆け寄り、徳次郎を下ろして後退した。
尾崎は、半次、幸吉、由松に囲まれた。
「おのれ……」

尾崎は、猛然と刀を振るった。
半次、幸吉、由松は、押せば引き、引いては押して闘った。
半兵衛が進み出た。
尾崎は怯んだ。
「尾崎勇之進、江戸春の徳次郎を殺させはしないよ」
半兵衛は、刀を無雑作に閃かせ、尾崎の刀を弾き飛ばした。
次の瞬間、半次、幸吉、由松が尾崎に殺到して押し倒し、捕り縄を打った。
半兵衛は、倉沢弥十郎を捜した。
倉沢弥十郎は、既に姿を消していた。
おそらく、おきちのいる料理屋『江戸春』に行ったのだ。
半兵衛は睨んだ。
料理屋『江戸春』は暖簾(のれん)を仕舞い、掛行燈(かけあんどん)の火を消した。
倉沢弥十郎が、足早にやって来て『江戸春』に入って行った。
音次郎は、今戸橋の袂で『江戸春』の様子を窺った。
「音次郎……」

半兵衛は、尾崎勇之進を幸吉、由松、勇次たちに任せ、半次と共に徳次郎を連れて来た。

「あっ。半兵衛の旦那、親分。今、倉沢弥十郎が……」

音次郎が駆け寄った。

「来たか……」

「はい……」

睨み通りだ……。

半兵衛は、小さな笑みを浮かべた。

次の瞬間、料理屋『江戸春』から女の悲鳴があがった。

「お、おきち……」

徳次郎が、恐怖に嗄(しゃが)れ声を引き攣らせた。

半兵衛、半次、音次郎は、料理屋『江戸春』に駆け込んだ。


血は匕首(あいくち)の鋒(きつさき)から滴(した)り落ちた。

半兵衛は、半次や音次郎と料理屋『江戸春』の居間に踏み込んだ。

女将のおきちが、血の滴り落ちる匕首を握り締め、呆然とへたり込んでいた。

そして、俯せに倒れた倉沢弥十郎が、背中を血で真っ赤に染めていた。

半次は、おきちから血塗れの匕首を素早く取り上げた。

半兵衛は、倉沢の生死を確かめた。

「半兵衛の旦那……」

半次と音次郎は、半兵衛を見詰めた。

「死んでいるよ」

半兵衛は、倉沢弥十郎の死を見定めた。

おきちは泣き出した。

「おきち、お前が殺ったんだね」

半兵衛は、おきちを見据えた。

「は、はい……」

おきちは頷いた。

「おきち……」

徳次郎は、呆然とした面持ちでおきちの傍に座った。

「旦那さま、倉沢さまが金を出せと、出さなければ殺すと云って、争っている内に……」

おきちは、徳次郎に縋り付き、泣きながら訴えた。

「そうか、そうだろう。良く分かったよ、おきち。お役人さま、お聞きの通り、悪いのは倉沢弥十郎さまにございます。どうか、どうか、おきちをお許し下さい」

徳次郎は、おきちを庇って半兵衛に頼んだ。

おきちは突っ伏してすすり泣いた。

「おきち、下手な芝居は止めるんだね」

半兵衛は告げた。

おきちのすすり泣きが止んだ。

「お前は、倉沢が徳次郎殺しに失敗したと知り、口封じに殺したんだろう」

「お、お役人さま……」

徳次郎は驚いた。

「お前と倉沢が徳次郎を殺そうと相談していた事は、おふみが証言しているよ」

「おきちが倉沢さまと私を……」

徳次郎は困惑した。

「そして、お前は逃げ出したおふみを捜して殺そうとした。幡随院の紋蔵が何もかも吐いているんだよ」

半兵衛は、おきちを見据えた。

おきちは、突っ伏していた肩を揺らして笑い出した。

半兵衛は眉をひそめた。

おきちは笑った。

「お、おきち……」

徳次郎は呆然とした。

半次と音次郎は戸惑った。

おきちは、甲高い声で笑い続けた。

「やっぱり、くたばるのを待ってりゃよかったねえ」

乾いた笑い声だった。

半兵衛は、笑うおきちを蔑(さげす)んだ。

世の中には、私たちが知らぬ顔をした方が良い事がある。だが、今度ばかりは、知らぬ顔は出来ない……。

半兵衛は、おきちに縄を打つよう半次と音次郎に命じた。

倉沢弥十郎は、役目に就きたいと願い、上役の小普請組支配に渡す金を情婦のおきちに用意するように頼んだ。おきちは、倉沢に徳次郎を殺させ、料理屋『江戸春』の身代を一気に自分のものにする事にしたのだ。

料理屋『江戸春』の女将おきちは、倉沢弥十郎殺しで死罪となった。そして、『江戸春』は闕所となり、主の徳次郎は家内取締不行届きで江戸十里四方払いとなった。

浪人の尾崎勇之進には、島流しの仕置が下された。

おふみが、鶴次郎の古い緋牡丹の半纏と共に持ち込んだ一件は終わった。

おふみは、その後も秋山久蔵の屋敷で小春の子守りや女中働きを続けた。

香織とお福は、素直で働き者のおふみを可愛がった。

「おふみ、此のまま秋山さまの御屋敷に奉公出来れば良いんですがね」

半次は願った。

「ああ。そうなれば、きっと鶴次郎も喜んでくれるだろうな」

半兵衛は微笑んだ。

「鶴次郎ですか……」

半次は、懐かしそうに眼を細めた。

「思い出すな。派手な緋牡丹の半纏を着ていた鶴次郎を……」

「きっと笑っていますよ、鶴次郎。知らん顔の半兵衛の旦那が、珍しく知らん顔をしなかったって……」

半次は苦笑した。

「そうだな。笑っているな……」

半兵衛は、緋牡丹の半纏を着て笑っている鶴次郎を思い出した。

第四話　片思い

一

神田川に真っ赤な楓の葉が流れた。

音次郎は、半兵衛の使いで柳橋の弥平次を訪れた帰り、勇次の猪牙舟に乗せて貰って昌平橋の船着場で降りた。そして、昌平橋を渡って北町奉行所に向かった。

神田八ツ小路を抜けて連雀町から多町、そして板新道を通って神田堀に架かる乞食橋を渡る。そこから外濠に出て日本橋川に架かる一石橋に進めば呉服橋御門があり、北町奉行所がある。

稲荷堂は赤い幟旗を揺らしていた。

音次郎は乞食橋を渡り、稲荷堂のある角を外濠に向かって曲がろうとした。

刹那、風呂敷包みを抱えた町方の若いお内儀が、小走りに曲がって来て音次郎にぶつかりそうになった。

音次郎は咄嗟に躱した。

「御免なさい……」

若いお内儀は音次郎に詫び、怯えを露わにして稲荷堂の裏に隠れた。

何だ……。

音次郎は戸惑った。

次の瞬間、蒼白い顔色の若い武士が稲荷堂の角を曲がって来た。

音次郎は、目礼をして擦れ違おうとした。

「待て、下郎……」

若い武士は、音次郎を呼び止めた。

「お侍、下郎ってのは、あっしの事ですかい」

音次郎は、振り返って若い侍を見据えた。

怒りを隠した暗い眼だった。

「そうだ。今、町方の若い女と擦れ違った筈だが、どっちに行った」

若い武士は、人通りの少ない板新道を窺いながら音次郎に尋ねた。

「さあ、知りませんぜ。そんな事……」

音次郎は、鼻の先に嘲(あざけ)りを浮かべた。

「何……」

若い武士は、音次郎の挑戦的な声音に振り返った。

音次郎は、懐(ふところ)の十手(じって)を握り締めて身構えた。

蒼白い顔の若い武士は、音次郎を蔑(さげす)むように一瞥(いちべつ)して板新道に立ち去った。

「馬鹿野郎が……」

音次郎は、立ち去って行く若い武士を睨(にら)み付けて吐き棄てた。

「行っちまいましたぜ」

音次郎は、稲荷堂の裏に声を掛けた。

若いお内儀は、安堵(あんど)した面持ちで稲荷堂の裏から出て来た。

「ありがとうございました」

若いお内儀は、稲荷堂に隠れた自分の事を黙っていてくれた音次郎に礼を云った。

「いえ。どうって事はありませんぜ。何ですか、今の野郎……」

音次郎は、町方の者や身分の軽い者を蔑み、侮(あなど)る若い武士に腹を立てていた。

「分かりません……」

「分からない……」

「はい。ですが、何故か私の後を……」

「追って来るのですか……」

音次郎は眉をひそめた。

「はい……」

時の鐘が申の刻七つ（午後四時）を報せた。

若いお内儀は我に返った。

「お蔭さまで助かりました。御造作をお掛けして申し訳ありませんでした。では……」

若いお内儀は、音次郎に礼を述べて深々と頭を下げ、足早に日本橋の通りに向かった。

音次郎は見送った。

囲炉裏の火に掛けられた鍋は、蓋の隙間から湯気を噴き上げた。

「さあ、出来たぞ」

半兵衛は、鍋の蓋を取った。

湯気が盛大にあがった。

鍋は泥鰌と笹搔き牛蒡の泥鰌鍋だった。

「こいつは美味そうな泥鰌鍋だ」

音次郎は、嬉しげに喉を鳴らした。

「ああ……」

半次は苦笑した。

半兵衛は、椀に泥鰌鍋を取り分けて半次と音次郎に渡した。

「畏れ入ります」

半次は恐縮した。

「音次郎、好きなだけお代わりしな」

「はい。いただきます」

音次郎は、泥鰌鍋を食べ始めた。

「美味え……」

音次郎は、泥鰌の美味さに吐息を洩らした。

半兵衛と半次は苦笑し、泥鰌鍋を肴に酒を飲んだ。

「今日は何事もなく、静かな一日でしたね」

半次は、泥鰌を食べながら酒を飲んだ。

「うん。結構なものだ……」

半兵衛は酒を飲み、泥鰌鍋の掛かる囲炉裏の火を弱くした。

「そう云えば、笹舟の帰りに妙な若い侍に出逢いましたよ」

音次郎は、泥鰌を食べながら話し始めた。

「妙な若い侍……」

半次は眉をひそめた。

「ええ。野郎、若いお内儀さんの後を追い掛けていましてね……」

「若い侍が若いお内儀さんを……」

半次は、厳しさを滲ませた。

「はい……」

「音次郎、仔細を話してみな」

半兵衛は促した。

「は、はい……」

音次郎は、半兵衛と半次の様子に微かな戸惑いを浮かべ、椀と箸を置いた。

囲炉裏の火が爆ぜ、火の粉が飛んだ。

音次郎は、稲荷堂の前での出来事を詳しく語った。

「若い武士か……」

半兵衛は眉をひそめた。

「はい。蒼白い顔色をした野郎でしてね。若い癖に生意気で偉そうな奴ですよ」

音次郎は、〝下郎〟と呼ばれた事を思い出し、腹立たしげに告げた。

「して、その若い武士が何処の誰か分かっているのか……」

半兵衛は尋ねた。

「いえ……」

音次郎は、首を横に振った。

「じゃあ、追い掛けられていた若いお内儀ってのは、何処の誰だ」

半次が続いた。

「えっ……」

音次郎は困惑した。

「どっちも分からないか……」

半次は眉をひそめた。

「は、はい……」

音次郎は、項垂れ落ち込んだ。

「旦那……」

「うむ。ま、そいつが事件になるとは限らないさ」

半兵衛は、項垂れた音次郎を励ますかのように云った。

「はい。そうですよね」

音次郎は、再び泥鰌鍋を食べ始めた。

立ち直りは早い……。

半兵衛と半次は、顔を見合わせて苦笑した。

囲炉裏の火は燃え、泥鰌鍋の残りは煮詰まり始めた。


月番の北町奉行所は、朝から様々な者が出入りをしていた。

半兵衛は、半次や音次郎と外濠に架かっている呉服橋御門を渡り、一石橋に向かった。

半兵衛の見廻りの道筋は幾つかあり、神田明神、湯島天神、不忍池、下谷広小路、浅草を廻るのもその一つだった。

今日の見廻りの道筋は下谷から浅草……。

半兵衛は、半次や音次郎と神田堀に架かっている竜閑橋に差し掛かった。

「あっ、白縫さま、半次の親分……」

神田鍛冶町の木戸番の茂吉が、竜閑橋を駆け渡って来た。

「やあ、茂吉さん、どうかしましたかい」

半次は迎えた。

「親分。昨夜遅く、うちの町内の櫛屋の若旦那が何者かに襲われましてね」

茂吉は、恐ろしげに告げた。

「襲われた……」

半次は驚いた。

「はい……」

「して、櫛屋の若旦那は……」

半兵衛は眉をひそめた。

「背中を刺されて気を失ったままなんですが、お医者の弦石先生の話じゃあ、命を取り留めるかどうかは、これからだと……」

茂吉は、微かな安堵を過ぎらせた。

「そいつは心配だな。よし、茂吉、その櫛屋に案内して貰おう」

半兵衛は命じた。


櫛屋『上ノ屋』は、神田鍛冶町の裏通りにあった。

半兵衛は、半次や音次郎と共に茂吉に誘われて櫛屋『上ノ屋』を訪れた。

櫛屋『上ノ屋』は大戸を閉め、商売を休んでいた。

半兵衛は、半次や音次郎と潜り戸から櫛屋『上ノ屋』の店に入った。

薄暗い店内には、解き櫛、丸櫛、毛筋、鬢搔きなど様々な櫛が置かれ、薬湯の臭いが微かに漂っていた。

薬湯は、背中を刺されて意識を失ったままの若旦那、佐吉が飲んでいるものなのだ。

半兵衛は読んだ。

番頭の宇平が出迎え、半兵衛、半次、音次郎は店の座敷に通された。

女中が茶を出して下がった時、番頭の宇平が羽織を着た痩せた年寄りと一緒に座敷に入って来た。

「櫛屋上ノ屋の主の善治郎にございます」

痩せた年寄りは名乗った。

「うん。私は北町奉行所臨時廻り同心の白縫半兵衛。それから半次と音次郎だ」

半兵衛は名乗り、半次と音次郎を引き合わせた。

「はい。此の度は御造作をお掛け致します」

善治郎は、小さな白髪髷を下げた。

「いいや。して、若旦那の佐吉の具合はどうなのだ」

「それが、未だ気を失ったままでして、嫁のおしずが付き添っております」

「そうか。では、佐吉が昨夜遅く何処で刺されたか分かるかな」

「はい。木戸番の茂吉の話では、裏通りにある稲荷堂の陰に倒れていたそうです。きっとその辺りで……」

善治郎は告げた。

番頭の宇平が頷いた。

「そうか。処で佐吉、昨夜は何処に何しに出掛けていたのだ」

「番頭さん……」

善治郎は、番頭の宇平を促した。

「は、はい。佐吉さまは昨夜、若旦那仲間と上野仁王門前町の料理屋でお酒を飲んでいた筈ですが……」

宇平は、自信なさそうに告げた。

「若旦那仲間ってのは……」

「そこ迄は……」

宇平は、申し訳なさそうに首を捻った。

「ならば、仁王門前町の料理屋は何て屋号なのかな」

「おそらく笹乃井だと思いますが……」

「笹乃井か……」

半兵衛は、半次を一瞥した。

半次は、目顔で頷いた。

「して、若旦那の佐吉を襲った者に心当りはないかな……」

半兵衛は、善治郎と宇平を見詰めて尋ねた。

「さあ。心当りなど……」

善治郎は眉をひそめた。

「ならば、佐吉は誰かに恨まれていたような事はなかったのかな」

「さあ。宇平……」

「は、はい。若旦那さまは商売熱心な働き者です。他人さまに恨まれるような事など、なかったかと思いますが……」

　宇平の額に汗が滲んだ。

「そうか……」

　半兵衛は頷いた。

「処で若旦那、お金は奪われていませんでしたか……」

恨まれていないのなら、物盗りなのかもしれない。

　半次は訊いた。

「それが、小判が二枚ほど入った財布は無事に懐の奥にありました」

　宇平は告げた。

「半兵衛の旦那……」

「うむ。遺恨でも辻強盗でもないか……」

　半兵衛は眉をひそめた。

「ええ……」

半次は頷いた。

「よし。邪魔をしたね」

「いいえ。白縫さま、何分にも宜しくお願い致します」

善治郎は頭を下げた。

「うむ。ならば番頭、佐吉が気を取り戻したら報せてくれ」

「は、はい。承知致しました」

宇平は頷いた。

「半次、音次郎、佐吉が倒れていた稲荷堂に行ってみるよ」


小さな稲荷堂は裏通りの辻にあった。

「若旦那、此の稲荷堂の陰に倒れていました」

木戸番の茂吉は、稲荷堂を示した。

半兵衛は、半次や音次郎と稲荷堂の周囲を調べた。

稲荷堂の前に乱れた足跡があり、地面に血が染み込んでいた。

半兵衛は、血の染み込み具合や乱れた足跡を検めた。

「若旦那の佐吉、此処で刺されたようだな」

半兵衛は見定めた。

「ええ。間違いありませんね」

半次は頷いた。

「して茂吉、倒れている若旦那を見つけたのは、今朝方だったね」

半次は、茂吉に尋ねた。

「はい。昨夜の最後の夜廻りの時には、倒れていなかったのですが、今朝見たら血塗(ちまみ)れで倒れていましてね。微かに息がありましたので急いで上ノ屋に報せ、お医者の弦石先生を呼びに……」

茂吉は告げた。

「そうか。最後の見廻りの時、佐吉は倒れていなかったか……」

「はい。きっとその後に……」

佐吉は、木戸番の夜廻りも終わった夜中に刺されたのだ。

半兵衛は読んだ。

「よし。半次、仁王門前町に行ってみるか……」

「料理屋の笹乃井ですか……」

「うむ……」

「はい。じゃあ音次郎、お前は上ノ屋に妙な奴が現れるかどうか、見張ってくれ」

「合点です」

音次郎は頷いた。

半兵衛と半次は、仁王門前町の料理屋『笹乃井』に向かった。

不忍池の弁財天には、参拝客が行き交い賑わっていた。

料理屋『笹乃井』は、既に暖簾を掲げて商いを始めていた。

半兵衛と半次は、料理屋『笹乃井』の女将を訪れた。

「ああ。上ノ屋の若旦那の佐吉さんですか……」

女将は眉をひそめた。

「うん。昨夜、来ていたそうだね」

「はい。お見えになっていましたが……」

「何でも若旦那仲間と一緒だったと聞いたが、何処の誰かな」

「神田花房町は大野屋って米問屋の若旦那の平助さんですよ」

女将は告げた。

「米問屋大野屋の若旦那の平助か……」

「はい……」

「で、若旦那たちは、いつ迄、酒を飲んでいたのかな……」

「暮六つ（午後六時）過ぎから戌の刻五つ（午後八時）の一刻（二時間）程ですか……」

「一刻……」

半次は戸惑った。

「はい……」

「半兵衛の旦那……」

「うん。佐吉が刺されたのは夜中、佐吉はそれ迄、何処で何をしていたのか……」

「ええ。女将さん、二人が此処を出てからどうしたか、心当りはありませんかい」

「さあ、別に……」

女将は首を捻った。

「ありませんか……」

「ええ、若旦那たちは広小路の方に行き。そう云えば、その後を着流しの若いお侍が追って行ったような……」

「着流しの若い侍……」

「ええ。何だか怖い顔をして……」

女将は眉をひそめた。

「旦那……」

「うん……」

半兵衛の勘は、佐吉と着流しの若い侍の拘(かか)わりを告げた。

二

櫛屋『上ノ屋』の若旦那の佐吉は、未だ意識を取り戻していなかった。

音次郎は、櫛屋『上ノ屋』を見張っていた。

着流しの侍が、表通りからやって来た。

音次郎は物陰に隠れた。

着流しの侍は立ち止まり、櫛屋『上ノ屋』を見廻した。

音次郎は、着流しの侍を見守った。

着流しの侍は若く、蒼白い顔をしていた。

まさか……。
音次郎は、櫛屋『上ノ屋』を窺っている着流しの若い侍に見覚えがあった。
町方の若いお内儀を追っていた蒼白い顔をした着流しの若い侍……。
音次郎は気付き、緊張した。
通り掛かる者が、着流しの若い侍に怪訝な眼を向けた。
着流しの若い侍は、櫛屋『上ノ屋』の前から離れた。
尾行る……。
音次郎は、物陰から出ようとした。
着流しの若い侍が立ち止まり、櫛屋『上ノ屋』を未練げに振り返って見ていた。
櫛屋『上ノ屋』に何の用があるのだ……。
音次郎は眉をひそめた。
着流しの若い侍は、櫛屋『上ノ屋』に薄笑いを投げ掛けて歩き出した。
音次郎は追った。
着流しの若い侍は、連なる町を抜けて柳原通りに出た。
柳原通りは神田川沿いにあり、両国広小路と神田八ツ小路を繋いでいた。

着流しの若い侍は、柳原通りを横切って神田川に架かっている和泉橋を渡った。

音次郎は、慎重に尾行た。

和泉橋を渡った着流しの若い侍は、御徒町の通りを進んだ。

御徒町か……。

音次郎は、緊張を浮かべて尾行を続けた。

着流しの若い侍は、御徒町に屋敷があるのか……。

音次郎は追った。

神田川には荷船が行き交っていた。

神田花房町は、神田川に架かっている筋違御門前にあった。

半兵衛は、半次と共に花房町にある米問屋『大野屋』を訪れた。

米問屋『大野屋』は繁盛していた。

半次は、筋違御門の袂に半兵衛を待たせて米問屋『大野屋』を訪れた。そして、若旦那の平助を呼び出した。

「お待たせしました」

半次が、筋違御門の袂にいる半兵衛の許に若旦那の平助を連れて来た。

「若旦那、北町奉行所の白縫の旦那だよ」

半次は、平助に半兵衛を引き合わせた。

「お、大野屋の平助です……」

平助は、怯えを滲ませて半兵衛に挨拶した。

「やあ……」

半兵衛は、穏やかに笑い掛けた。

平助は、思わず引き攣ったような笑みを作った。

「平助、お前さん、昨夜、上ノ屋の佐吉と仁王門前町の笹乃井に行ったね」

「は、はい……」

「で、笹乃井を出て何処に行ったんだい」

半兵衛は、平助を見据えた。

「何処にと申されても、手前と佐吉は、下谷広小路で別れました」

平助は、微かに声を震わせた。

「別れた……」

半兵衛は眉をひそめた。

「はい……」

平助は、喉を鳴らして頷いた。

「じゃあ、別れてどうしたんだ」

「て、手前は家に……」

「佐吉はどうした」

「白縫さま、佐吉がどうかしたんですか……」

平助は、恐る恐る尋ねた。

「昨夜遅く、何者かに刺されたんだよ」

半兵衛は、平助を見据えて告げた。

「刺された……」

平助は驚き、青ざめた。

驚きに嘘はない……。

平助は、佐吉が刺された事を知らなかった。

半兵衛は見定めた。

「じゃあ若旦那。上ノ屋の佐吉は、お前さんと別れてどうしたんだい」

半次は訊いた。

「さ、佐吉は女の処に行きました」

「女……」

半次は、思わぬ言葉に驚いた。

「はい……」

「何処の何て女の処だ……」

半次は眉をひそめた。

「妻恋稲荷裏に住んでいる妾稼業のおこんって年増の処に……」

平助は、云い難そうに小声になった。

「妾稼業のおこん……」

「はい。佐吉、嫁のおしずさんや大旦那の眼を盗んで、呉服屋の御隠居が囲っている妾のおこんと付き合っているんでして……」

平助は小声で告げた。

「他人の妾と付き合っているのか……」

半兵衛は苦笑した。

「はい……」

平助は頷いた。

「旦那……」

「うん。半次、佐吉はそれで夜中に帰った訳だ」

半兵衛は、佐吉が笹乃井を出て神田鍛冶町の稲荷堂で刺される迄の空白を埋めた。

「ええ……」

半次は頷いた。

「処で平助、佐吉が妾稼業のおこんの処に行く時、着流しの若い侍が追って行かなかったかな……」

半兵衛は、料理屋『笹乃井』の女将が見掛けた着流しの若い侍が気になっていた。

「着流しの若い侍ですか……」

平助は戸惑った。

「ああ……」

「さあ、気が付きませんでしたが……」

平助は首を捻った。

「そうか……」

平助は気が付かなくても、着流しの若い侍は佐吉を追っていたのかもしれない。

半兵衛は読んだ。

御徒町の組屋敷街を北に進むと、不忍池から流れる忍川（しのぶがわ）に架かる三枚橋（さんまいばし）がある。

着流しの若い侍は、三枚橋を渡った処にある組屋敷に入った。

音次郎は見届け、周囲に聞き込みを掛けた。

組屋敷の奉公人……。

棒手振（ぼてふ）りや薬売りなどの行商人……。

音次郎は、着流しの若い侍についてそれとなく聞き込みを続けた。

着流しの若い侍は高木恭四郎（たかぎきょうしろう）と云い、高木家当主である兄の清一郎（せいいちろう）の家族と暮らしていた。

恭四郎は、兄家族の住む母屋（おもや）を出て、亡父が木戸門脇に建てた古く小さな家作（かさく）で寝起きをしていた。

「そりゃあ厄介者（やっかいもの）だよ……」

高木家の裏の組屋敷の老下男は、掃除の手を止めて高木屋敷を眺めた。

「厄介者ですか……」

「ああ。働きもせず、毎日ぶらぶらしているだけでね。高木の旦那と奥さま、良く喧嘩(けんか)しているよ、恭四郎の事で……」

老下男は嘲笑(あざわら)った。

「へえ。で、高木恭四郎さん、悪い仲間なんかいるんですかい」

「いるもんか。あんな蒼白い顔をした薄気味の悪い奴に仲間なんかいないよ」

老下男は眉をひそめた。

音次郎は戸惑った。

「じゃあ、高木恭四郎さん、いつも一人なんですかい」

「ああ……」

老下男は頷いた。

高木恭四郎は、親しい人も仲間もいない男なのだ。

音次郎は知った。

妻恋稲荷は、明神下の通りから妻恋坂をあがった処にある。

半兵衛と半次は、妻恋稲荷の裏手に廻った。

「此処ですね……」

半次は、板塀に囲まれた仕舞屋を示した。

「うん……」

半兵衛は頷いた。

「御免なすって、おこんさん、いますか……」

半次は格子戸を叩き、家の中に声を掛けた。

「はあい……」

家の中から、若い女の科を作った甘い声の返事があった。

半次は、思わず半兵衛を見た。

半兵衛は苦笑した。


「どうぞ……」

妾のおこんは、豊満な身体を揺らして座り、縁側に腰掛けている半兵衛と半次に茶を差し出した。

「やあ、造作を掛けるね。戴くよ」

半兵衛は茶をすすった。

「それで旦那、御用ってのは何ですか……」

おこんは、科を作って尋ねた。

「それなんだがね、おこん。昨夜、櫛屋の上ノ屋の佐吉が来たね」

半兵衛は、おこんに笑い掛けた。

「えっ……」

「おこんさん、惚けても無駄だよ」

半次は笑い掛けた。

「あら、親分さん。ええ、来ましたよ、佐吉の若旦那……」

おこんは、科を作って開き直った。

「で、佐吉、何しに来たのかな」

「そりゃあ旦那、お酒を飲んで何をして……」

おこんは、艶然と笑った。

「そうか。ま、佐吉との拘わり、詳しく話して貰おうか……」

おこんと佐吉は、神田明神の祭りで知り合って直ぐに懇ろになった。そして、囲っている旦那である呉服屋の隠居の眼を盗み、逢引きを重ねていた。

「旦那、佐吉さん、どうかしたんですか……」

おこんは心配した。

「昨夜、此処からの帰りに刺されてね」

「刺された……」

おこんは驚いた。

「ああ……」

「で、死んだのですか……」

「そいつは未だ」

「そうですか……」

おこんは、微かな安堵を滲ませた。

「おこん。呉服屋の隠居、本当にお前と佐吉の仲を知らないのかな」

「ええ、知りませんよ」

「間違いないね」

半兵衛は念を押した。

「はい……」

おこんは頷いた。

半兵衛は、呉服屋の隠居がおこんと佐吉の仲を知り、刺客を頼んだのかもしれないと読んだ。だが、おこんは呉服屋の隠居は知らないと云い切った。

「そうか……」

今は、おこんの言葉を信じるしかない。

「旦那、庭先から居間や座敷を見た限り、男物は年寄りの物ばかりですぜ」

半次は囁いた。

「うむ……」

妾のおこんは、どうやら佐吉を刺した者と拘わりはない……。

半兵衛は見定めた。

櫛屋『上ノ屋』は大戸を閉めたままだった。

音次郎は、物陰から様子を窺った。

初老の町医者が、番頭の宇平と若いお内儀に見送られて出て来た。

「ありがとうございました」

宇平と若いお内儀は、町医者に深々と頭を下げた。

音次郎は、若いお内儀の顔を見て驚き、呆然とした。

「いや。気を取り戻したからには、もう心配は要らぬだろう」

初老の町医者は微笑んだ。

「はい……」

若いお内儀は、嬉しそうに頷いた。

「ではな……」

初老の町医者は、薬籠(やくろう)を提(さ)げて帰って行った。

若いお内儀と番頭は見送り、店の中に戻って行った。

「番頭さん……」

音次郎は、物陰から駆け出した。

宇平は振り返った。

「あっ。音次郎さん……」

音次郎は、宇平に駆け寄った。

「若旦那さま、気を取り戻したのですか……」

「はい。お蔭さまで……」

宇平は、嬉しげに頷いた。

「そいつは良かったですね。で、今、一緒にいたお内儀さんは……」

「ああ。若旦那さまのお内儀のおしずさまですよ」

「若旦那さまのお内儀のおしずさん……」

　おしずは、音次郎が乞食橋で高木恭四郎から助けた若いお内儀だった。

「ええ。じゃあ音次郎さん、若旦那さまが気を取り戻したと、白縫さまに御報せ戴けますか……」

「は、はい。お安い御用です」

「じゃあ……」

　宇平は、店に戻って行った。

　音次郎は、呆然とした面持ちで立ち尽した。


　半兵衛と半次は、櫛屋『上ノ屋』に向かっていた。

　昨夜、櫛屋『上ノ屋』の佐吉は、若旦那仲間の平助と酒を飲み、妾稼業のおこんと懇ろな時を過ごし、夜遅く帰った処を何者かに突き刺された。

　半兵衛は、妾のおこんと佐吉との拘わりに気付いた呉服屋の隠居が怒り、刺客を雇ったと読んだ。だが、おこんは隠居に知られていないと云い切った。

「呉服屋の御隠居、本当に気が付いていないんですかね」

　半次は首を捻った。

「そいつは良く分からないが、刺客なら佐吉に止めを刺しているだろうな」

半兵衛は読んだ。

「そうか。そうですねえ……」

半次は頷いた。

「残るは、笹乃井の女将が見た着流しの若い侍か……」

「そうなりますが、着流しの若い侍も本当にいるんですかね」

半次は眉をひそめた。

「私はいると思うよ」

半兵衛は睨んだ。

「旦那、親分……」

音次郎が、櫛屋『上ノ屋』の前の物陰から駆け寄って来た。

三

「どうした……」

半兵衛は、音次郎を迎えた。

「若旦那が気を取り戻したそうです」

音次郎は報せた。

「じゃあ旦那、佐吉に逢いますか……」

「うん……」

半兵衛は頷いた。

「あの、それから……」

音次郎は口籠もった。

「なんだい……」

「蒼白い顔の着流しの侍が来たんです」

音次郎は、緊張した面持ちで告げた。

「何……」

半次は戸惑った。

「町方の若いお内儀を追っていた奴か……」

半兵衛は読んだ。

「はい。上ノ屋に来て、様子を窺って……」

「で、追ったのか……」

半次は訊いた。

「はい。それで野郎、御徒町に……」

「よし。音次郎、先ずはそいつを詳しく聞かせて貰おうか……」

半兵衛は、意識を取り戻した佐吉に逢う前に音次郎の話を聞く事にした。

音次郎は、蒼白い顔をした着流しの若い侍が、御徒町の組屋敷に住む高木恭四郎と云う御家人の部屋住みだったと告げ、聞き込んだ事を教えた。

「高木恭四郎、親しい人も仲間もいないか……」

半兵衛は眉をひそめた。

「はい。いつも一人でぶらぶらしていて薄気味の悪い奴だと、近所でも評判の野郎のようですよ」

「その薄気味の悪い高木恭四郎が、上ノ屋を窺っていたのか……」

半次は戸惑った。

「はい。それから……」

音次郎は、緊張に喉を鳴らした。

「それからどうした……」

半兵衛は促した。

「はい。その高木恭四郎に追われていた町方の若いお内儀、上ノ屋の若旦那の佐吉さんの嫁のおしずさんだったんです」

音次郎は、眉をひそめて告げた。

「佐吉の嫁のおしず……」

半兵衛は、驚きと厳しさを交錯させた。

櫛屋『上ノ屋』の若旦那の佐吉は、意識を取り戻したが眼を瞑って（つむ）いた。

嫁のおしずは、佐吉に付き添っていた。

「邪魔をするよ……」

半兵衛は、番頭の宇平に誘われて佐吉の寝間に入った。

おしずは、頭を下げて半兵衛を迎えた。

「御造作をお掛け致します。佐吉の家内のしずにございます」

「北町の白縫半兵衛だよ」

半兵衛は名乗り、佐吉の枕元に座った。

「お前さま、北の御番所の白縫さまですよ」

おしずは、佐吉に囁いた。

佐吉は、瞑っていた眼を僅(わず)かに開けた。

「さあて、佐吉。昨夜の事は、米問屋の平助や笹乃井の女将にいろいろ聞いたよ」

半兵衛は、静かに告げた。

佐吉は、僅かに開けた眼を怯えたように泳がせた。

怯えは、妾稼業のおこんの事を半兵衛に知られ、おしずや父親の善治郎に露見するのを恐れての事なのだ。

半兵衛は苦笑した。

「して佐吉、誰に刺されたのだ」

半兵衛は、妾稼業のおこんに触れなかった。

「わ、分かりません……」

佐吉は、嗄(しゃが)れ声を震わせた。

「ならば、不意に後ろから刺されたのか……」

「はい……」

「じゃあ、顔も姿も見てはいないか……」

半兵衛は念を押した。

「はい……」

佐吉は小さく頷いた。

おしずは、半兵衛の尋問を心配そうに見守った。

「処で佐吉、恨まれている覚えはないか……」

半兵衛は訊いた。

「恨み……」

佐吉は、驚いたように眼を瞠(みは)った。

「そうだ。恨みだ……」

佐吉は、困惑したように顔を横に振った。

「覚えはないか……」

「はい……」

「間違いないね」

「はい……」

佐吉は頷き、疲れたように眼を瞑った。

潮時だ……。

「疲れたか、今日は此迄(これまで)としよう」

「はい……」

佐吉は、微かな安堵を浮かべた。

「白縫さま、お役に立てず、申し訳ございません」

おしずは、半兵衛に頭を下げた。

「うむ。お内儀、お前さんにもちょいと訊きたい事がある」

半兵衛は微笑んだ。

「は、はい……」

おしずは、戸惑った面持ちで頷いた。


半兵衛は、番頭の宇平に店の座敷を借りておしずと向かい合った。

座敷には、半次と音次郎もいた。

「あっ……」

おしずは、音次郎を見て小さな驚きを洩らした。

音次郎は会釈をした。

「お内儀、こっちは岡っ引の半次と下っ引の音次郎だ」

「は、はい。しずにございます」

おしずは、半次と音次郎に頭を下げた。

「音次郎とは逢った事があるね」

「はい。過日、気味の悪いお侍さまに追い掛けられた時、お助け戴きました。その節はありがとうございました」

おしずは、音次郎に礼を述べた。

「いえ、どうって事はありません」

音次郎は、狼狽えたように頭を下げた。

「して、お内儀。その気味の悪い侍とは、蒼白い顔をした着流しの若い侍だね」

「左様にございます」

おしずは、気味悪そうに頷いた。

「後を尾行られたのは、今迄にも何度かあるのかな」

「はい。それにお店の前を彷徨いているのを見た事もあります」

おしずは、恐ろしそうに身震いした。

「そうか。して、お内儀、その侍が何処の誰かは知らないのだね」

「はい……」

「昔、何処かで出逢ったが、忘れていると云う事もないのかな」

半兵衛は念を押した。

「私もそう思い、いろいろ昔の事を考えてみたのですが、やはり心当りはございません」

「間違いないね」

「はい」

おしずは、しっかりと頷いた。

「そうか。いや、良く分かった。造作を掛けたね……」

半兵衛は微笑んだ。


小料理屋の小座敷の窓の外には、櫛屋『上ノ屋』が見えた。

半兵衛は、半次や音次郎と酒を飲み、晩飯を食べていた。

「お内儀のおしずさん、若旦那の佐吉よりずっとしっかりしていますね」

半次は感心した。

「うん……」

半兵衛は苦笑し、手酌で酒を飲んだ。

「旦那、親分、若旦那を襲ったのは、高木恭四郎じゃありませんかね」

音次郎は眉をひそめた。

「襲った理由はなんだい」

「そいつは、分かりませんが……」

音次郎は首を捻った。

「分からないか……」

「旦那、明日にでも、おこんを囲っている呉服屋の隠居に探りを入れてみますか……」

半次は、手酌で酒を飲んだ。

「呉服屋の隠居か……」

「おこんは知らないと思っていても、隠居によっては油断はなりませんからね」

半次は苦笑した。

「知っていて、知らん振りをしているかもしれないか……」

半兵衛は読んだ。

「はい」

「よし。じゃあ、高木恭四郎についても探りを入れてくれ」

「隠居が雇ったかもしれませんか……」

「うん、その辺を見定めてくれ。明日、私は高木恭四郎の顔を拝んで来るよ」

半兵衛は告げた。

「分かりました。音次郎、旦那のお供をな……」

半次は指示した。

「合点です」

音次郎は頷いた。

半兵衛、半次、音次郎は、酒を飲みながら晩飯を食べた。

窓の外に見える櫛屋『上ノ屋』は、変わった様子もなく静まり返っていた。

拍子木(ひょうしぎ)の音が甲高(かんだか)く鳴り、木戸番の茂吉の夜廻りをする声が響いた。


日本橋の通りは、朝から行き交う人で賑わっていた。

呉服屋『髙松屋(たかまつや)』は、日本橋通南二丁目の辻にあった。

半次は、呉服屋『髙松屋』を調べ、おこんを囲っている隠居が吉右衛門(きちえもん)だと知った。

「御隠居さまですか……」

番頭は、訪れた半次に怪訝な眼を向けた。

「はい。あっしは北町奉行所の白縫半兵衛さまから手札を貰っている本湊の半次って者です。ちょいと御伺いしたい事がありましてね。御隠居さまにお取り次ぎ願えますか……」

半次は、十手を見せた。

番頭は奥に入り、僅かな刻を経て戻って来た。そして、半次を母屋の木戸から離れの庭先に誘った。

離れの縁側では、肥った年寄りが鳥籠（とりかご）の小鳥に餌（えさ）をやっていた。

「御隠居さま、本湊の半次さんです」

番頭は、肥った年寄りに半次を引き合わせた。

「髙松屋の隠居の吉右衛門です」

肥った年寄りは、小鳥に餌をやりながら名乗った。

「さあ、こちらにお掛け下さい。番頭さん、お茶をね」

吉右衛門は命じた。

番頭は、返事をして立ち去った。

「じゃあ、御免なすって……」

半次は、縁側に腰掛けた。

「で、御用とは……」

吉右衛門は、小鳥に餌を与え終わり、半次に細い眼を向けた。

「はい。御隠居さまは、妻恋稲荷の裏町におこんと云う女を囲っていますね」

半次は、小細工をせずに訊いた。

「ええ。囲っていますが、おこんが何か……」

吉右衛門は悪びれず、福々しい顔に笑みを浮かべて聞き返した。

「ええ。それなんですが……」

半次は、云い難そうに言葉を詰まらせた。

「男かな……」

吉右衛門は笑った。

「えっ……」

半次は戸惑った。

「おこんには若い男がいてね。確か櫛屋の若旦那だと思ったが……」

吉右衛門は知っていた。

「ご存知なのですか……」

半次は、思わず狼狽えた。

「そりゃあもう。おこんの身の周りは、時々調べさせているからね」

吉右衛門に抜かりはなかった。

「で、櫛屋の若旦那、どうしますか……」

半次は、吉右衛門を見据えた。

「どうもしないよ」

吉右衛門は、さらりと云い放った。

「どうもしない……」

半次は眉をひそめた。

「ああ。半次の親分、私も歳でね。おこんを持て余しているのが正直な処。櫛屋の若旦那が、時々おこんにちょっかいを出してくれて丁度良く、大助かりだよ」

「じゃあ御隠居、櫛屋の若旦那に腹を立てているなんて事は……」

「ありませんよ。寧ろ礼を云いたいぐらいだ」

吉右衛門は屈託なく笑った。

「そうですか……」

吉右衛門は、己の妾に手を出した佐吉に腹を立ててはいなかった。

半次は見定めた。

「じゃあ御隠居、高木恭四郎って御家人の部屋住みをご存知ですか……」

半次は、念の為に訊いた。

「いいや。御家人の部屋住みに知り合いはいないよ」

吉右衛門は苦笑した。

「そうですか……」

「お待たせしました。どうぞ……」

番頭が、茶を持って来た。

「遅いよ、番頭さん、茶菓子はどうした」

吉右衛門は眉をひそめた。

「えっ、茶菓子ですか……」

「もう、気が利かないねえ。そこに船橋屋(ふなばしや)の羊羹(ようかん)があるから持っといで……」

吉右衛門は、己の座敷の違い棚を指差した。

「は、はい……」

番頭は、慌てて座敷に行った。

「で、半次の親分、他に何が訊きたい……」

吉右衛門は、肥った身体を揺らした。

半次は苦笑した。

御徒町を横切る忍川は、不忍池から流れている。

半兵衛は、忍川に架かっている三枚橋に佇み、板塀に囲まれた高木屋敷を眺めていた。

高木屋敷には、母屋の他に板塀の木戸を入った処に小さな家作があった。

小さな家作は、恭四郎の亡父が町医者に貸す為に作った物だが、今では部屋住みの恭四郎が暮らしていた。

音次郎が高木屋敷の路地から現れ、半兵衛に駆け寄って来た。

「旦那、高木恭四郎が出て来ます」

音次郎は告げた。

半兵衛は、素早く物陰に隠れた。

音次郎が続いた。

高木屋敷の板塀の木戸が開き、着流しの若い侍が出て来た。

「高木恭四郎です……」

音次郎は囁いた。

「うむ……」

半兵衛は頷き、見守った。

高木恭四郎は、蒼白い顔で辺りを見廻して通りを南に向かった。

南には神田川があり、和泉橋が架かっている。

半兵衛は、音次郎を従えて高木恭四郎の尾行を始めた。

秋風が吹き抜けた。

四

神田川の流れは緩やかだった。

高木恭四郎は、神田川に架かっている和泉橋を渡り、神田鍛冶町に向かった。

半兵衛は、音次郎と一緒に追った。

恭四郎は振り返りもせず、尾行られるのを警戒する気配はない。

それは、単にだらしがないのか、それとも後ろめたさがないからなのか……。

恭四郎は進んだ。

「野郎、上ノ屋に行くんですかね」

「おそらくな……」

半兵衛と音次郎は追った。

櫛屋『上ノ屋』は客で賑わっていた。

旦那の善治郎は、若旦那の佐吉が命を取り留めたのに安堵し、店を開けたのだ。

高木恭四郎は、櫛屋『上ノ屋』の前に佇んで店内を窺った。

半兵衛と音次郎は、物陰から見守った。

「何をする気なんですかね……」

「うむ……」

半兵衛は、恭四郎の動きを読もうとした。

恭四郎は、櫛屋『上ノ屋』の店内を窺い続けた。

「野郎……」

音次郎は苛立った。

「音次郎……」

半兵衛は、櫛屋『上ノ屋』の母屋の木戸門を示した。

母屋の木戸門から、おしずが初老の医者の弦石と出て来た。

おしずは、医者の弦石に頭を下げた。

医者の弦石は微笑み、おしずと短く言葉を交わして立ち去った。

おしずは、弦石を見送って母屋に戻った。

恭四郎は、蒼白い顔に怒りを浮かべて医者の弦石を追った。

半兵衛は、恭四郎を追った。

音次郎が続いた。


高木恭四郎は、神田堀に差し掛かった初老の医者弦石に追い付いた。

「な、何ですか……」

弦石は戸惑った。

「上ノ屋の佐吉は死ななかったのか……」

恭四郎は訊いた。

「えっ、ええ。佐吉さんは助かりましたよ」

弦石は頷いた。

「助かっただと……」

恭四郎は、蒼白い顔を怒りに醜く歪めて弦石を突き飛ばした。

弦石は、薬籠を持ったまま仰向けに倒れた。

「おのれ……」

激怒した恭四郎は、倒れた弦石を斬ろうと刀を握り締めた。

「何をしている」

半兵衛の厳しい声が飛んだ。

恭四郎は、駆け寄って来る半兵衛と音次郎に気付き、慌てて身を翻して逃げた。

「音次郎、追え……」

「合点です」

音次郎は、逃げた恭四郎を追った。

半兵衛は、起き上がろうと踠いている弦石を助け起こした。

「怪我はないかな……」

「ええ。お蔭さまで大丈夫のようだ」

弦石は、顔を顰めて腰を摩った。

「して、今の侍、何故に医者のおぬしを……」

「上ノ屋の佐吉は死ななかったのかと訊いたので、助かったと云うと、いきなり……」

「突き飛ばしたか……」

「ああ。鬼のような形相でな」

弦石は眉をひそめた。

高木恭四郎は、櫛屋『上ノ屋』の佐吉が命を取り留めたと聞いて激怒した。そして、助けた医者の弦石を突き飛ばして斬ろうとした。

恭四郎は、佐吉の死を願っている。

何故だ……。

妾のおこんを囲っている呉服屋の隠居に雇われての事なのか……。

半兵衛は、想いを巡らせた。

「旦那……」

音次郎が戻って来た。

「見失ったか……」

「はい。すみません」

音次郎は、息を弾ませて詫びた。

「いや。気にするな」

半兵衛は労った。

半兵衛と音次郎は、医者の弦石を家に送って櫛屋『上ノ屋』に戻った。

『上ノ屋』には客が出入りし、変わった様子はなかった。

半兵衛と音次郎は、再び『上ノ屋』を見張り始めた。

「旦那、音次郎……」

半次がやって来た。


甘味処(かんみどころ)には甘い香りが漂っていた。

半兵衛は、半次や音次郎と窓際に座り、餅(もち)を食べて茶を飲んだ。

「して、呉服屋の隠居に逢えたのか……」

「はい。呉服屋髙松屋の吉右衛門って御隠居さんでしてね。面白い人でしたよ」

「面白い人……」

半兵衛は眉をひそめた。

「ええ。自分はもう歳で、おこんを持て余している。だから、櫛屋の若旦那がちょっかいを出してくれて大助かりだと……」

半次は、笑顔で告げた。

「成る程(なるほど)。そいつは面白い隠居だな。じゃあ、佐吉の事を知っていたのか……」

半兵衛は苦笑した。

「はい。知っていました。ですが、あの様子じゃあ、妾を寝取られたのを恨んで刺客を雇い、佐吉を殺そうなんて気は、さらさらありませんよ」

「そうか。して、高木恭四郎については……」

「高木恭四郎と云う御家人の部屋住みは知らないそうです」

半次は告げた。

「信用出来るか……」

「あっしの見た限りでは……」

半次は頷いた。

「じゃあ、高松屋の隠居、佐吉を襲った一件に拘わりはないな」

半兵衛は見極めた。

「きっと……」

半次は頷いた。

「半次、さっき高木恭四郎が来てな……」

半兵衛は、恭四郎が医者の弦石に佐吉の生死を確かめ、助かったと知って激怒し、弦石を斬ろうとした事を教えた。

「じゃあ、やっぱり高木恭四郎が佐吉を……」

半次は眉をひそめた。

「確かな証拠はないが、間違いあるまい……」

半兵衛は見定めた。

「ですが、どうして……」

「ああ。分からないのはそこだ。どうして、佐吉を殺そうとしているのかだ」

半兵衛は眉をひそめた。

「旦那、親分……」

窓から櫛屋『上ノ屋』を見ていた音次郎が、緊張した声で呼んだ。

半兵衛と半次は、窓の外を窺った。

高木恭四郎が現れ、櫛屋『上ノ屋』の店内を再び窺い始めた。

「高木恭四郎、戻って来たか……」

「佐吉に止め(とど)を刺しに来たんですかね」

音次郎は睨んだ。

「うむ……」

半兵衛は、恭四郎を見据えた。

次の瞬間、高木恭四郎は物陰に隠れた。

「どうした……」

半兵衛、半次、音次郎は怪訝に見守った。

櫛屋『上ノ屋』の母屋の木戸門が開き、おしずが出て来た。

おしずは、警戒するように辺りを窺って神田堀に向かった。

高木恭四郎は、嬉しげな笑みを浮かべておしずの後を追って行った。

「行くよ。半次、音次郎……」

半兵衛は、半次と音次郎を促して甘味処を出た。


おしずは、足早に進んだ。

高木恭四郎は、弾む足取りでおしずの後を行く。

「旦那、妙ですね」

半次は、恭四郎の弾む足取りに戸惑った。

「うん……」

半兵衛は眉をひそめた。

「野郎、悪巧みをしていやがるんですぜ」

音次郎は睨んだ。

「よし。半次、音次郎、おしずと高木恭四郎の間に入り、いざと云う時には、おしずを助けて逃げろ……」

半兵衛は命じた。

「承知しました。音次郎……」

半次は、音次郎を従えて路地に駆け込んで行った。

高木恭四郎は、弾んだ足取りでおしずを追っている。

半兵衛は、高木恭四郎との距離を僅かに詰めた。


おしずは、神田堀に差し掛かった。

向かい側から来た中年女が、おしずの後ろを一瞥して足早に擦れ違って行った。

おしずは戸惑い、立ち止まって振り返った。

着流しの若い侍が、背後に薄笑いを浮かべて佇んでいた。

おしずは、息を飲んで立ち竦んだ。

「やあ、おしず……」

着流しの若い侍は、親しげにおしずの名を呼んで笑い掛けた。

おしずは、恐怖に衝き上げられた。

「おしず、馬鹿な亭主は、俺が必ず始末をする。そして、おしずを必ず苦しみから解き放してやる。もう暫くの辛抱だ」

着流しの若い侍は、その眼を妖しく輝かせて薄く笑った。

おしずは震え、後退りした。

「で、何処に行くのだ」

「げ、弦石先生の処にお薬を貰いに……」

おしずは、喉を引き攣らせた。

「薬だと……」

「は、はい……」

「佐吉の薬か……」

着流しの若い侍は、驚きと怒りに頬を引き攣らせて声を荒げた。

おしずは、思わず身を翻した。

着流しの若い侍は、咄嗟におしずに手を伸ばした。

「高木恭四郎……」

刹那、半兵衛の一喝が響いた。

着流しの若い侍は怯んだ。

次の瞬間、半次と音次郎が飛び出して来ておしずを引き離して庇った。

「高木恭四郎、お前が上ノ屋の佐吉を襲い、殺そうとしたんだね」

半兵衛は問い質した。

「黙れ、俺は直参だ。不浄役人にとやかく云われる筋合いはない」

恭四郎は、思わず怯んだ己を必死に立ち直らせようとした。

「何故、佐吉を殺そうとしたのだ」

半兵衛は、冷笑を浮かべて恭四郎の言葉を無視した。

「おしずだ。俺はおしずを幸せにしてやりたい。だから、馬鹿な佐吉から解き放してやるのだ」

恭四郎は激昂した。

「おしずを幸せにしてやりたいだと……」

半兵衛は眉をひそめた。

半次と音次郎に護られたおしずは、困惑を浮かべて恭四郎を見詰めた。

「そうだ。俺は佐吉と意に染まぬ暮らしを強いられているおしずを助けてやるのだ」

恭四郎は、陶然(とうぜん)とした面持ちで告げた。

「それで、上ノ屋の周りを彷徨き、おしずを尾行廻(つけまわ)し、佐吉を襲ったのか……」

半兵衛は尋ねた。

「そうだ。俺はおしずを見守り、助ける為に佐吉を後ろから刺した。なあ、おしず……」

恭四郎は、おしずに意味ありげな妖しい笑みを投げ掛けた。

「知りません。私は貴方(あなた)など存じません」

おしずは、怒りに声を震わせた。

「お、おしず……」

恭四郎は、戸惑いを浮かべた。

「私は今、幸せに暮らしております。そりゃあ佐吉は女遊びもしますし、若旦那としての至らなさもあります。でも、仕事熱心で優しい人です。私は好きで佐吉と一緒になったんです。意に染まぬ暮らしを強いられてなんかいません」

おしずは、怒りに涙を滲ませた。

「おしず、お前は誑(たぶら)かされている。上ノ屋の主の善治郎や佐吉に誑かされているんだ」

恭四郎は、おしずの強い言葉に狼狽えた。

「違います。誑かされてなんていません。それに万一、そうだとしても貴方には何の拘わりもない事です」

おしずは、厳しく云い放った。

「何の拘わりもない……」

恭四郎は、驚きに醜く顔を歪めた。

「はい。私は貴方など知らないし、何の拘わりもありません」

「忘れたのか、おしず。その昔、お前のお父上が病死をして家が取り潰され、お母上と組屋敷を出て行く時、俺にいつか必ず、と云ったのを……」

恭四郎は狼狽えた。

「そんな……」

おしずは言葉を失った。

「おしず、それはいつの事だ」

半兵衛は尋ねた。

「は、はい。御家人だった父が病で亡くなり、母と御徒町の組屋敷を出たのは、もう二十年近くも大昔、私が六歳の時です」

「そうだ、おしず。お前が六歳で俺が七歳の時だ。あの時、お前は俺にいつか必ずと約束したんだ。だから俺は忘れずに捜し続け、上ノ屋の佐吉と一緒になったお前を……」

恭四郎は、おしずに縋(すが)る眼差しを向けた。

「知りません。私に覚えはありません」

おしずは撥(は)ね付(つ)けた。

「騙(だま)したか、おしず……」

恭四郎は激昂し、刀の柄(つか)を握った。

半次と音次郎は、おしずを庇(かば)って十手を構えた。

「高木恭四郎、おしずに付(つ)き纏(まと)った上に、亭主の上ノ屋佐吉を刺した罪でお縄にするよ」

半兵衛は進み出た。

「黙れ。悪いのはおしずだ。俺を騙したおしずなんだ。俺は悪くない……」

恭四郎は怒鳴り、おしずに迫った。

おしずは、恐怖に激しく震えた。

「おしず、もう良い。もう良いから。一緒に死んでくれ」

恭四郎は、おしずに猛然と斬り掛かった。

半次と音次郎は、おしずを庇って必死に十手を振るった。

「止めろ……」

半兵衛が、素早く立ちはだかった。

「退け、邪魔するな」

恭四郎は、半兵衛に斬り付けた。

此迄だ……。

半兵衛は、腰を僅かに沈めて抜き打ちの一刀を放った。

閃光が走った。

恭四郎は、刀を構えたまま凍て付いた。

半兵衛は、残心の構えを取った。

半次、音次郎、おしずは息を止めて見詰めた。

「お、おしず……」

恭四郎は、嗄れ声を引き攣らせて凍て付いたまま倒れた。

半兵衛は、残心の構えを解いた。

半次は、倒れた恭四郎の刀を取り、その生死を確かめた。

「死んでいます」

半次は告げた。

「うむ……」

半兵衛は頷き、刀に拭いを掛けて鞘に納めて死んだ恭四郎に手を合わせた。

おしずは、大きな吐息を洩らしてしゃがみ込んだ。

「大丈夫か、おしず……」

「は、はい……」

おしずは、死んだ恭四郎に手を合わせてすすり泣いた。

半兵衛は見守った。


半兵衛は、高木恭四郎の死体を御徒町の組屋敷に運び、兄の清一郎に逢った。

そして、恭四郎が櫛屋『上ノ屋』佐吉を刺し、女房のおしずに付き纏って殺そうとしたので斬り棄てたと告げた。

「それで、白縫どの……」

清一郎は、弟恭四郎の不始末で高木家が取り潰しになるのを恐れた。

「高木どの、小普請組支配に一刻も早く恭四郎を勘当したとの届けを出すのですな」

恭四郎を勘当してしまえば、高木家に累は及ばない……。

半兵衛は勧めた。

「白縫どの……」

「弔いは、その後にするが良いでしょう」

半兵衛は告げた。

「忝い……」

高木清一郎は、安堵を浮かべて深々と頭を下げた。

櫛屋『上ノ屋』佐吉襲撃の一件は終わった。

半兵衛は、浪人の高木恭四郎の仕業だと断定した。そして、捕縛時に刀を抜いて抗ったので、やむなく斬り棄てたと報告した。

報告の中に、おしずの名は一切なかった。

「旦那、良いのですか、高木恭四郎の云った事の裏を取らなくて……」

半次は心配した。

「ああ。おそらく恭四郎の云った事は本当だろう。だが、おしずがいつか必ず一緒になろうと云った訳ではない」

半兵衛は苦笑した。

「ええ。何と云っても六つ七つの時の事ですし、恭四郎の片思い、夢幻、思い込みに過ぎないでしょうね」

「うん。子供の時に勝手に誤解して、大人になった時には誤解が本当になり、それだけに縋って生きて来た。ま、そうさせた境遇もあるのだが、哀れな奴だよ」

半兵衛は、御家人の部屋住みだった恭四郎に同情した。

「ええ。じゃあ、上ノ屋のおしずの事は此のまま一切触れずに……」

「ま、世の中には私たちが知らん顔をした方が良い事もある。そいつが、おしずの為だし、高木恭四郎の為でもあるさ……」

半兵衛は、一件を出来るだけ静かに終わらせたかった。

「旦那、親分、美味そうな鳥肉を買って来ましたぜ」

音次郎の威勢の良い声が、台所から響いた。

半兵衛は微笑んだ。

組屋敷の庭の木々は枯葉を散らし、熱燗（あつかん）と鍋の美味い季節になった。

この作品は双葉文庫のために書き下ろされました。

双葉文庫

ふ-16-45

新・知らぬが半兵衛手控帖
緋牡丹

2017年11月19日　第1刷発行
2020年 8 月 6 日　第2刷発行

【著者】
藤井邦夫

【発行者】
箕浦克史
【発行所】
株式会社双葉社
〒162-8540 東京都新宿区東五軒町3番28号
［電話］03-5261-4818(営業)　03-5261-4833(編集)
www.futabasha.co.jp(双葉社の書籍・コミックが買えます)
【印刷所】
中央精版印刷株式会社
【製本所】
中央精版印刷株式会社

【フォーマット・デザイン】
日下潤一

ISBN978-4-575-66858-2 C0193
Printed in Japan

藤井邦夫
知らぬが半兵衛手控帖
姿見橋
長編時代小説〈書き下ろし〉
「世の中には知らん顔をした方が良いことがある」と嘯く、北町奉行所臨時廻り同心白縫半兵衛が見せる人情裁き。シリーズ第一弾。

藤井邦夫
知らぬが半兵衛手控帖
投げ文（なげぶみ）
長編時代小説〈書き下ろし〉
かどわかされた呉服商の行方を追ううちに浮かび上がる身内の思惑。北町奉行所臨時廻り同心白縫半兵衛が見せる人情裁き。シリーズ第二弾。

藤井邦夫
知らぬが半兵衛手控帖
半化粧（はんげしょう）
長編時代小説〈書き下ろし〉
鎌倉河岸で大工の留吉を殺したのは、手練れの辻斬りと思われた。探索を命じられた半兵衛の前に女が現れる。好評シリーズ第三弾。

藤井邦夫
知らぬが半兵衛手控帖
辻斬り
長編時代小説〈書き下ろし〉
神田三河町で金貸しの夫婦が殺され、自供をもとに取り立て屋のおときが捕縛されたが、不審なものを感じた半兵衛は……。シリーズ第四弾。

藤井邦夫
知らぬが半兵衛手控帖
乱れ華（みだればな）
長編時代小説〈書き下ろし〉
凶賊・土蜘蛛の儀平に裏をかかれた北町奉行所臨時廻り同心・白縫半兵衛は内通者がいると睨んで一か八かの賭けに出る。シリーズ第五弾。

藤井邦夫
知らぬが半兵衛手控帖
通い妻（かよいづま）
長編時代小説〈書き下ろし〉
瀬戸物屋の主が何者かに殺された。目撃証言から、ある女に目星をつけた半兵衛だったが、その女は訳ありの様子で……。シリーズ第六弾。

藤井邦夫
知らぬが半兵衛手控帖
籠の鳥（かごのとり）
長編時代小説〈書き下ろし〉
北町奉行所臨時廻り同心の白縫半兵衛は、鎌倉河岸近くで身投げしようとしていた女を助けたのだが……。好評シリーズ第七弾。

藤井邦夫
知らぬが半兵衛手控帖
離縁状
長編時代小説
〈書き下ろし〉

音羽に店を構える玩具屋の娘が殺された。白縫半兵衛は探索にかかるが、事件は思いもよらぬ方へころがりはじめる。好評シリーズ第八弾。

藤井邦夫
知らぬが半兵衛手控帖
捕違い（とりちがい）
長編時代小説
〈書き下ろし〉

本所竪川沿いの空き家から火の手があがり、付近で酔いつぶれていた男が付け火の罪で捕縛されたのだが……。好評シリーズ第九弾。

藤井邦夫
知らぬが半兵衛手控帖
無縁坂
長編時代小説
〈書き下ろし〉

北町奉行所与力・松岡兵庫の妻女が行方知れずになった。捜索に乗り出した半兵衛の前に浪人者の影がちらつき始める。好評シリーズ第十弾。

藤井邦夫
知らぬが半兵衛手控帖
雪見酒
長編時代小説
〈書き下ろし〉

大身旗本の本多家を逐電した女中探しを命じられ、不承不承探索を始めた白縫半兵衛だったが、本多家の用人の話に不審を抱く。

藤井邦夫
知らぬが半兵衛手控帖
迷い猫
長編時代小説
〈書き下ろし〉

行方知れずだった鍵役同心が死体で発見された。遺体を検分した同心白縫半兵衛は、着物の裾から猫の爪を発見する。シリーズ第十二弾。

藤井邦夫
知らぬが半兵衛手控帖
秋日和
長編時代小説
〈書き下ろし〉

赤坂御門傍の溜池脇で男が滅多刺しにされて殺された。半兵衛は、男が昔、中村座の大部屋役者をしていた女衒の栄吉だと突き止める。

藤井邦夫
知らぬが半兵衛手控帖
詫び状
長編時代小説
〈書き下ろし〉

白昼、泥酔し刀を振りかざした浅葱裏を一刀のもとに斬り倒した浪人がいた。半兵衛は、田宮流抜刀術の同門とおぼしき男に興味を抱く。